TIERRA ROJA

ExLibric

VICENTE MARTÍN AGUZA

TIERRA ROJA

EXLIBRIC

ANTEQUERA 2025

TIERRA ROJA
©Vicente Martín Aguza
Diseño de portada: Dpto. de Diseño Gráfico Exlibric

Iª edición

© ExLibric, 2025.

Editado por: ExLibric
c/ Cueva de Viera, 2, Local 3
Centro Negocios CADI
29200 Antequera (Málaga)
Teléfono: 952 70 60 04
Fax: 952 84 55 03
Correo electrónico: exlibric@exlibric.com
Internet: www.exlibric.com

ISBN: 979-13-88079-00-9
Depósito Legal: MA 1772-2025

Impresión: PODiPrint
Impreso en Andalucía – España

Nota de la editorial: ExLibric pertenece a Innovación y Cualificación S. L.

VICENTE MARTÍN AGUZA

TIERRA ROJA

En la memoria de la guerra civil yace el deber de recordar, para que las heridas del olvido no permitan que el silencio repita lo que el grito del pasado quiso cambiar.

Prólogo

El aire olía a pólvora y a barro húmedo. En la trinchera, la tierra roja de Aragón se mezclaba con sangre seca y ceniza.

Antonio ajustó la bufanda alrededor de su cuello mientras apoyaba la espalda contra el parapeto. Había pasado toda la noche escuchando el silbido intermitente de los proyectiles y los gritos lejanos de los heridos.

El amanecer traía consigo un frío que calaba hasta los huesos y, con él, la resignación de otro día más en aquella guerra que parecía no tener fin.

Antonio había sido campesino, labrando los campos junto a su padre en un pequeño pueblo de Sevilla. Pero ahora el arado había sido reemplazado por un fusil Máuser y la esperanza, por la lucha de un ideal: la república y la libertad.

A su lado, Julián, un joven maestro de escuela, limpiaba su arma con movimientos mecánicos. Ambos compartían el mismo cigarrillo, pasándolo de mano en mano mientras intercambiaban miradas silenciosas. A pesar de los meses juntos, pocas palabras se decían; en las trincheras, la amistad se forjaba en los silencios, en el acto de compartir una manta o una lata de sardinas.

—¿Crees que hoy avanzarán? —preguntó Julián, rompiendo el silencio.

Un murmullo recorrió la trinchera. El comisario político, un hombre robusto de bigote espeso llamado Valverde, se levantó sobre un parapeto llevando una bandera tricolor.

—¡Camaradas! —gritó, su voz resonando como un eco en la quietud de la mañana.

—¡Hoy no luchamos solo por nosotros! ¡Luchamos por nuestros hijos, por nuestra tierra, por la libertad! ¡No dejaremos que el fascismo nos robe el futuro!

Un grito de aprobación recorrió la línea. Antonio levantó el puño, aunque por dentro no sentía más que cansancio. Miró a Julián, quien le devolvió una débil sonrisa.

El silbato sonó. Antonio sintió que el tiempo se detenía mientras se ponía de pie y trepaba por la trinchera. Al otro lado, la tierra estaba devastada, llena de cráteres y cuerpos.

Avanzaron, corriendo entre explosiones y disparos, el corazón golpeándole el pecho como un tambor de guerra.

Mientras cargaba, Antonio recordó el rostro de su madre, su voz despidiéndose en la estación. Cerró los ojos por un instante y apretó el fusil. Al llegar al parapeto enemigo, gritó con todas sus fuerzas, no tanto por valor, sino para ahogar el miedo.

La lucha fue breve, brutal, y al final Antonio se encontró solo, cubierto de tierra y sangre que no era suya. Miró hacia atrás y vio la trinchera tomada. Habían ganado… por ahora.

Se dejó caer al suelo, jadeando, con el fusil aún entre las manos. De su bolsillo sacó un pequeño cuaderno donde había garabateado poemas y cartas nunca enviadas. Con manos temblorosas, escribió:

Hoy otra vez sigo vivo. ¿Cuánto más podremos resistir? El ideal nos mantiene, pero ¿qué quedará de nosotros cuando esto acabe? Espero que algún día alguien lea estas palabras y entienda que no luchábamos por odio, sino por esperanza.

Guardó el cuaderno y cerró los ojos. El cielo se despejaba y, por primera vez en semanas, vio el sol.

1

La promesa

El tren avanzaba lentamente, como si supiera que ninguno de los hombres a bordo tenía prisa por llegar a su destino.

El traqueteo de las ruedas sobre los rieles era el único sonido constante, ahogado a veces por los murmullos de los reclutas que se esforzaban por no hablar de lo que les esperaba. Entre ellos estaba Antonio, sentado junto a una ventanilla, con las manos entrelazadas y la mirada perdida en el paisaje que cambiaba de verdes campos a llanuras áridas.

—¿Primera vez en el frente, eh? —le dijo el hombre a su lado. Era más joven de lo que Antonio esperaba, con una barba mal recortada y unos ojos que, pese a su sonrisa, parecían haber visto demasiado. Antonio asintió, incómodo.

—Sí, primera vez, y espero que la última.

El hombre rio suavemente.

—Julián, maestro de escuela. Aunque bueno, dudo que eso importe aquí.

—Antonio, campesino.

Se estrecharon las manos, un gesto torpe pero suficiente para romper el hielo. Durante el resto del trayecto, Julián llenó el silencio con historias de su pequeño pueblo cerca de Toledo, de los niños a los que enseñaba y de cómo lo había dejado todo para unirse al frente.

Antonio apenas respondió, pero algo en la forma en que Julián hablaba le resultaba tranquilizador, como si la guerra no pudiera tocarlo del todo. Al fondo del vagón oían cómo un muchacho muy joven tocaba la guitarra y cantaba canciones que nunca habían escuchado; esto los animó a acercarse a él. Julián recordó que había traído consigo la armónica que le regaló su padre: para él era un pedazo de familia que llevaba consigo.

—¡Hola! —dijo Julián—. ¿Quieres que me una a ti para tocar?

Lucas, que así se llamaba el joven, sonrió y le dijo:

—¡Claro que sí! ¡Me llamo Lucas!

—¡Yo, Julián!

Antonio, animado por la música, tocaba torpemente las palmas, pero aquello parecía hacer que por un momento olvidasen el destino del tren.

Cuando llegaron al campamento, la realidad los golpeó con fuerza. El olor a tierra mojada mezclada con pólvora impregnaba el aire, y las trincheras se extendían como cicatrices en el paisaje. Un sargento alto y curtido, llamado Ramos, los recibió con un discurso breve.

—¡Aquí no hay héroes! ¡Aquí hay hombres y mujeres que sobreviven! ¡Hagan lo que se les dice y tal vez vivan para contarlo!

Un escalofrío recorrió la espalda de Antonio. Por la cara que tenían Julián y Lucas, parecía que habían sentido lo mismo. Esa noche, Antonio conoció al resto de su unidad, donde también estaban Julián y Lucas: parecía que el destino los había unido en la lucha. También conoció a Martina, una enfermera que supervisaba las primeras curas de los heridos en la batalla. Tenía un rostro inexpresivo, pero ojos que lo veían todo.

—No te acostumbres a nada —le dijo Martina mientras vendaba la herida de un soldado—. Ni a la gente ni al lugar.

Antonio no supo si era un consejo o una advertencia, pero lo guardó en su mente junto con el resto de los horrores que ya había visto ese día.

Pasaron la noche hablando cada uno de su pueblo y su familia. Lucas reveló un secreto a todos: había mentido sobre su edad para alistarse, y sus intentos de aparentar valentía solo lo hacían parecer más joven. Aquello lo convertía en un símbolo de las vidas jóvenes truncadas por la guerra.

El amanecer llegaba lentamente, pero la luz no traía consuelo. En la trinchera, Antonio observaba el horizonte, con los dedos entumecidos aferrados al fusil. La tierra rojiza parecía viva, respirando con cada explosión lejana, como una advertencia de lo que estaba por venir.

Antonio revisaba una y otra vez su fusil, como si el simple acto de hacerlo lo preparara para lo que iba a suceder. A su lado, Julián murmuraba una oración apenas audible, mientras Lucas intentaba calmar los nervios afinando la guitarra, como si una melodía pudiera distraerlos del horror que se avecinaba.

—¿Crees que sobreviviremos? —preguntó Lucas, con una sonrisa nerviosa.

Antonio no respondió de inmediato. Miró al cielo y luego a sus manos, temblorosas pero firmes.

—No sé si sobreviviremos, pero sé por qué estamos aquí. Eso tiene que bastar.

El silbato del comandante rompió el silencio y el batallón avanzó. La primera bala pasó zumbando cerca de Antonio, y el sonido seco de los disparos llenó el aire. Julián, con el rostro pálido, se lanzó al suelo junto a Antonio, mientras Lucas, más atrás, cubría la retaguardia con una serenidad inquietante.

Las órdenes gritadas se mezclaban con el ruido ensordecedor de los disparos y las explosiones. Antonio disparaba con precisión, pero con cada tiro sentía un peso creciente en el pecho. No podía evitar preguntarse si el hombre al otro lado del fusil también tenía una familia que lo esperaba. Julián, por su parte, disparaba de forma errática, los nervios traicionándolo, mientras Lucas mantenía la calma, cubriéndolos con fuego desde una posición elevada.

En medio del caos, un proyectil impactó cerca, lanzando a los dos amigos al suelo. Julián, aturdido, comenzó a respirar de forma acelerada.

Antonio lo agarró por los hombros, mirándolo a los ojos.

—¡Mírame, Julián! ¡No estamos muertos, aún no! ¡Respira!

Lucas, con el rostro cubierto de polvo, llegó corriendo.

—¡Tenemos que movernos o nos quedaremos aquí para siempre!

Con esfuerzo, los tres lograron ponerse a cubierto detrás de una trinchera improvisada. Desde allí, Antonio observó cómo un joven compañero caía al suelo, herido. Sin pensarlo, se levantó y corrió hacia él bajo el fuego enemigo, arrastrándolo de vuelta. Fue el primer acto de valentía que los demás del batallón recordarían de Antonio.

Cuando el día comenzó a desvanecerse, el combate cesó. Los republicanos habían logrado resistir, pero las bajas eran numerosas. Julián, con la mirada perdida, sostenía su armónica entre las manos, mientras Lucas trataba de escribir en su libreta: sus manos aún temblaban. Antonio se sentó junto a ellos, con el rostro cubierto de sudor y tierra.

—¿Y ahora qué? —preguntó Julián, con un hilo de voz.

—¡Ahora seguimos adelante! —respondió Lucas, pulsando una cuerda rota de su guitarra.

El silencio regresó, pero esta vez estaba cargado de algo nuevo: una mezcla de orgullo, dolor y una determinación silenciosa.

Sabían que eso era solo el comienzo, pero también sabían que, mientras estuvieran juntos, tendrían una oportunidad de resistir.

Julián, a su lado, trataba de encender un cigarrillo con manos temblorosas.

—¿Y si no volvemos? —preguntó de pronto, sin apartar la vista de la llama que insistía en apagarse con el viento.

Lucas, junto a ellos, no hablaba. El miedo se había apoderado de él: su juventud no le dejaba ver la realidad de una guerra, solo valentía y honor. Sus piernas estaban dormidas, no podía moverse. Antonio se acercó a él y le cogió la mano.

—¡Lucas! ¡Tú lo vas a conseguir, deja el miedo atrás! —En el fondo, Antonio tenía más miedo que Lucas, pero era la única manera de que intentase sobrevivir.

¡Sobrevivir! Esa pregunta se la habían hecho todos, pero nunca la habían pronunciado.

—¡Al menos luchamos por algo que importa! —dijo Lucas, aunque su voz sonaba vacía, intentando camuflar ese miedo que poco a poco lo iba superando.

La duda se colaba como un huésped inoportuno. Antonio se preguntaba si valía la pena: su pueblo, su familia, los amigos que había dejado atrás… ¿Qué quedaría de ellos si la guerra se los llevaba a todos? Miró sus manos sucias, llenas de callos y cortes. Eran manos que habían trabajado la tierra, no manos hechas para matar.

El comisario Valverde caminaba entre ellos, hablando en voz firme:

—¡No olvidéis por qué estamos aquí! ¡No es solo por la República…! ¡Es por vuestros hijos, por los que vendrán después! ¡La historia recordará vuestro sacrificio!

Antonio no estaba tan seguro. ¿Recordarían a hombres como él, que temblaban al escuchar un disparo? ¿O solo recordarían las grandes batallas, los nombres de mártires y generales?

Cuando el silbato sonó, sintió que el tiempo se detenía. Sus piernas dudaron por un instante, pero algo más fuerte que el miedo los empujó a levantarse. Era el honor, o la simple necesidad de no quedarse atrás. No podía dejar que Julián ni Lucas lo vieran vacilar; ellos vacilarían con él.

Cargaron hacia el frente. Los disparos llenaron el aire como un coro infernal. Antonio avanzaba con el fusil en las manos, pero sus pensamientos volvían a estar lejos, en el campo donde solía cosechar trigo. Imaginó el sol de verano, el canto de los pájaros, la voz de su madre llamándolo a comer.

—¡Vamos, Lucas! —gritó Julián, extendiéndole la mano.

La duda desapareció en ese instante. Agarró la mano de su amigo y se levantó. No importaba cuánto miedo tuviera: si Julián seguía avanzando, él también lo haría. No por la República ni por el futuro, sino por la lealtad que compartían en aquel infierno.

Llegaron al parapeto enemigo y lucharon como les habían dicho: o matas o te matan. Esas palabras retumbaban en sus cabezas. Aunque el miedo seguía allí, Antonio aprendió en un momento que podía convivir con él. No era el fin, era solo una prueba más.

Cuando todo terminó, se dejó caer junto a Julián en una trinchera tomada. Respiraban con dificultad, cubiertos de tierra y sangre.

De pronto escucharon una voz llamándolos. Era Lucas. Había sobrevivido al ataque, aunque herido. Solo eran heridas leves: una explosión hizo que la metralla lo alcanzara de refilón.

La cara de miedo seguía en su rostro, pero la fuerza que le dio la mano de Julián hizo que corriera como el viento, y eso le permitió sobrevivir a los disparos que pasaban a su lado.

Lucas volvió a preguntar:

—¿Creéis que lo que hacemos aquí servirá de algo?

Antonio y Julián no respondieron en ese momento. Solo miraban a su alrededor: hombres caídos, heridos, muertos; el humo en el horizonte. No sabían la respuesta. Pero sí sabían una cosa.

—Lo que hacemos aquí… —dijo Antonio al fin—. Puede que no lo recuerden todos. Pero lo hacemos por nosotros, por lo que creemos. Eso es lo que importa.

Julián asintió, cerrando los ojos por un momento. El miedo seguía allí, la duda también. Pero por un instante, el honor le permitió respirar con tranquilidad.

El amanecer llegaba lento, como si incluso el sol temiera iluminar aquel lugar. En la trinchera, Antonio respiraba con dificultad. El frío cortaba como cuchillas, pero no era el viento lo que le hacía temblar. Era, de nuevo, el miedo. Esa sensación que se había convertido en su sombra, siempre detrás, susurrando que quizá no volvería a ver el siguiente amanecer.

Intentó calmarse ajustando la bayoneta al fusil, pero sus dedos temblorosos lo traicionaron. «No es más que otro día», pensó, pero sabía que se mentía a sí mismo. Desde que había dejado el pueblo, había sentido orgullo al unirse a la causa republicana, alzar el puño en alto, prometiendo luchar por la libertad. Pero ahora… ahora solo quería sobrevivir.

Julián, sentado junto a él, sostenía un trozo de papel. Había escrito algo, pero lo doblaba y lo desdoblaba sin cesar. Antonio lo observó en silencio, reconociendo en los ojos del amigo el mismo temor que lo consumía.

—¿Es para alguien? —preguntó, señalando el papel. Julián asintió.

—Para mi madre. Le prometí que volvería… pero no sé si será verdad.

Antonio quiso decirle que no pensara en eso, pero sus palabras murieron en la garganta. ¿Cómo podía mentirle cuando él mismo tenía la misma duda clavada en el pecho? Cerró los ojos y recordó a su propia madre, despidiéndolo en la estación del tren. Había intentado sonreírle, pero sus ojos estaban llenos de lágrimas. «Haz lo correcto», le había dicho.

Antonio pensaba que la promesa la cumpliría, pero… ¿es esto lo correcto? Esa pregunta lo perseguía cada vez que veía caer a un camarada o escuchaba los lamentos de los heridos. Había querido ser un héroe, alguien digno de admiración. Pero ahora no estaba seguro de que los héroes existieran en las trincheras.

2

La trinchera infinita

El comisario Valverde apareció, caminando con paso firme entre los hombres. Levantó la voz para que todos le oyeran. Era su deber motivar a los soldados antes de salir de la trinchera, que sus palabras fueran aliento para conseguir el objetivo y un motivo más para sobrevivir:

—¡Escuchadme bien! Esta no es solo vuestra lucha. Es la lucha de un pueblo entero. Cada paso que demos hoy será un paso hacia la justicia. ¡No dejéis que el miedo os paralice! ¡No dejéis que la duda os venza!

Lucas escuchaba esas palabras, buscando ese motivo que había buscado, apretaba los labios, pero sabía que no era tan sencillo. El miedo no era algo que se pudiera ignorar. Se sentía en cada respiración, en cada latido acelerado. La duda era peor, un veneno silencioso que se infiltraba en sus pensamientos, cuestionando cada decisión, cada sacrificio.

Lucas sintió el silbato y, junto a Julián y Antonio, se levantó con las piernas pesadas, como si fueran piedras. Avanzó porque no quería quedarse atrás, porque no podía soportar la vergüenza de ser visto como un cobarde. Pero el miedo seguía allí, rugiendo en sus oídos.

El campo de batalla era un caos de explosiones y gritos. Cada paso era una lucha contra el instinto de detenerse, de esconderse.

Antonio sentía el sudor mezclarse con la tierra en su rostro, el peso del fusil en sus manos. Entonces vio a Julián caer.

—¡Julián! —gritó, pero su voz se perdió en el estruendo.

Por un instante, el miedo lo paralizó. Quería correr hacia él, pero sus piernas no respondían. «Si sales, morirás», le susurró su mente. Era cierto. Pero entonces pensó en Julián, en su madre esperando una carta que nunca llegaría. El honor lo llevó a moverse. No porque fuera valiente, sino porque no podía vivir consigo mismo si abandonaba a su amigo. Corrió hacia él, esquivando las balas como podía. Lucas, a pesar de su propio miedo, siguió a Antonio. Cuando llegaron junto a Julián, tendido en la tierra, lo encontraron aferrado a su pierna con fuerza, los dientes apretados para no gritar más. La sangre empapaba rápidamente su pantalón y el suelo bajo él.

—¡No puedo moverme…! —jadeó Julián, con el rostro pálido por el dolor.

—¡Te sacaremos de aquí, hermano! —dijo Antonio, con determinación, aunque su voz temblaba.

Lo arrastraron detrás de un parapeto; la línea de combate estaba demasiado cerca, y quedarse allí significaba la muerte segura. Antonio y Lucas actuaron rápidamente. Rasgaron un trozo de tela del uniforme de Julián para improvisar un torniquete que al menos ralentizara la hemorragia.

—¿Listo? —preguntó Antonio, mirando a Lucas.

—No, pero hagámoslo —respondió Lucas, tratando de reprimir su pánico.

Con Antonio agarrando a Julián por los hombros y Lucas sujetando sus piernas, comenzaron a arrastrarlo hacia una zona más segura. Cada metro era una batalla en sí misma, con las balas zumbando alrededor y las explosiones sacudiendo el terreno.

—¡No me dejen! —dijo Julián, con su voz quebrada por el dolor.

—¡Ni se te ocurra decir eso! —le respondió Antonio.

—¡No te vamos a dejar! ¿Me oyes? ¡Aguanta!

Finalmente, llegaron a un refugio improvisado donde un médico atendía a los heridos. La escena era un caos de gritos, sangre y cuerpos destrozados, pero Antonio y Lucas no se detuvieron hasta colocar a Julián en una camilla improvisada.

—¡Metralla en la pierna izquierda, sangrado severo! —dijo Antonio al médico, como si su precisión pudiera marcar la diferencia.

El médico, un hombre agotado y cubierto de sangre, asintió rápidamente y comenzó a trabajar. Cortó el pantalón de Julián para exponer la herida: un trozo de metal del tamaño de un dedo estaba incrustado en el muslo, cerca de la arteria femoral.

—Es grave, pero no está perdida la pierna —dijo el médico, más para sí mismo que para los demás. Necesitaré morfina y agua limpia.

Antonio y Lucas observaron desde un rincón mientras el médico intentaba extraer la metralla con unas pinzas rudimentarias. Le fue imposible, pues estaba muy cerca de la vena, y decidió dejarlo: podía causarle la muerte si lo sacaba.

Julián gritó de dolor, incluso con la mordaza en la boca y la morfina; Antonio tuvo que sostener a Lucas para que no interviniera.

—Está bien, Lucas. Está bien —le dijo Antonio, aunque no estaba seguro de si lo decía por Julián o por ellos mismos.

En ese momento llegó Martina; estaba con otros heridos y, al ver a Julián, se estremeció su cara.

El médico le pidió que le ayudara a cerrar la herida; ella lo hizo con todas sus ganas, pues Julián estaba perdiendo mucha sangre.

Martina tranquilizó a Antonio y Lucas:

—No os preocupéis, se recuperará. Solo que tendrá que convivir de momento con ese trozo de metralla.

Esas palabras llenaron de consuelo a los dos amigos. Julián fue trasladado al campamento principal una vez estabilizado. Las siguientes semanas fueron un desafío para Julián; Martina lo cuidaba, asegurándose de que la herida no se infectara y ayudándolo a moverse cuando era necesario.

El dolor, aunque mitigado por los pocos medicamentos disponibles, seguía presente. A veces, Julián se despertaba en medio de la noche, sudoroso y temblando, recordando el momento exacto en que cayó al suelo.

—¿Crees que podré volver a caminar bien? —preguntó una noche mientras Martina ajustaba las vendas.

—Por supuesto que sí —respondió Martina, aunque no tenía certeza.

—Y si no puedes, te llevarán Antonio y Lucas. No te vas a librar fácilmente de ellos. —Sonrieron levemente.

Aunque físicamente estaba recuperándose, Julián no podía evitar sentirse inútil. Ver a sus amigos salir al frente mientras él permanecía en el campamento le llenaba de culpa.

Cada vez que el frente se estancaba, Antonio visitaba a Julián, y cada día lo veía mejor.

—No puedo seguir así —le dijo un día a Antonio—. Si no vuelvo a luchar, ¿de qué sirve que siga aquí?

Antonio le dijo:

—Julián, ya has hecho más de lo que muchos harían. No se trata solo de empuñar un arma. Se trata de estar aquí, de resistir, de recordarnos por qué luchamos. Además, no necesitamos un héroe, necesitamos un amigo.

Pasaron las semanas y Julián logró volver al frente, aunque su pierna seguía doliendo y cojeaba visiblemente. Pero su espíritu era más fuerte que nunca. Cada paso, cada movimiento, era un recordatorio del sacrificio que había hecho y de la voluntad de seguir adelante.

En una de sus noches juntos en la trinchera, Julián miró a Antonio y Lucas con una sonrisa.

—A pesar de todo, me alegro de seguir aquí, con ustedes.

Antonio asintió.

—Y nosotros también, Julián. Sin ti esto no sería lo mismo.

—¿Por qué volviste? —murmuró Julián, con los ojos llenos de lágrimas.

Antonio no supo qué responder. No era heroísmo, no era grandeza. Era algo más sencillo, más humano: simplemente no podía dejarlo allí.

Cuando la batalla terminó, Antonio se sentó junto a Julián y a Lucas en la nueva trinchera que habían tomado. El miedo permanente en ellos seguía susurrándoles que mañana podría ser el último día. La duda no se había ido; era actuar a pesar de todo ello.

Julián sacó un trozo de papel de su bolsillo y escribió unas palabras:

Tengo miedo, dudo de todo. Pero sigo aquí. No porque no sienta el peso de esta guerra, sino porque hay cosas que merecen ser protegidas, aunque nunca sepan mi nombre.

Dobló el papel y se lo guardó. El cielo empezaba a despejarse y, por el momento, Antonio, Julián y Lucas respiraron hondo. La guerra seguía, y ellos también. En ese instante comprendieron que su fuerza no residía solo en sus cuerpos, sino en el vínculo que los unía y en la humanidad que se negaban a perder. La batalla en las afueras del pueblo de Villa Roja había llegado a su punto más desesperado. Los disparos comenzaron a disminuir mientras ambos bandos se acercaban peligrosamente. Pronto, los gritos y el sonido del metal chocando sustituyeron el estruendo de los fusiles. El combate cuerpo a cuerpo era inevitable, y en la trinchera republicana, Antonio, Julián y Lucas se preparaban para enfrentar su peor pesadilla.

Antonio, con el fusil ya sin munición, improvisó un arma con la bayoneta que acababa de acoplar. Julián sostenía un cuchillo de trinchar que le habían dado en la cocina del campamento, mientras Lucas temblaba visiblemente, apretando entre sus manos un trozo de madera afilada.

—¡No puedo hacerlo! —murmuró Lucas, con los ojos fijos en la línea enemiga que se aproximaba rápidamente.

—¡Lucas, mira a tu alrededor! ¡No tenemos opción! —gritó Antonio, sosteniéndolo por los hombros. Sus ojos se encontraron por un momento y Lucas pareció recuperar el aliento. Pero el miedo lo asfixiaba.

Cuando los soldados enemigos saltaron dentro de la trinchera, el caos estalló. Antonio reaccionó instintivamente, empujando a un adversario y clavando la bayoneta en su torso. La sangre caliente manchó sus manos, pero no tuvo tiempo de pensar. Otro soldado venía hacia él.

Julián, menos ágil pero igual de decidido, luchaba contra un oponente que lo superaba en fuerza. Logró esquivarlo y, con un grito de pura desesperación, hundió el cuchillo en su costado.

Cayó de rodillas después del acto, jadeando y mirando sus manos, ahora manchadas de sangre.

Lucas, en cambio, estaba inmóvil. Observaba el caos a su alrededor con los ojos desorbitados, incapaz de moverse. Un soldado enemigo se lanzó hacia él con un arma improvisada. Lucas levantó su palo, pero el golpe lo hizo caer de espaldas.

Mientras el enemigo se preparaba para rematarlo, fue Antonio quien intervino, derribándolo de un empujón y acabando con él. Se giró hacia Lucas, furioso y preocupado a la vez.

—¡Lucas, despierta! ¡Si no luchas, morirás! ¡No puedo protegerte siempre!

Lucas comenzó a llorar, las lágrimas mezclándose con la suciedad de su rostro:

—¡No quiero morir, Antonio…! ¡No quiero morir…!

Antonio, respirando con dificultad, lo levantó del suelo y le puso las manos sobre los hombros.

—Nadie quiere morir, Lucas, pero aquí no se trata de querer, se trata de sobrevivir, de volver a casa. ¡Si no luchas por ti, lucha por nosotros! ¡Por Julián! ¡Por todos los que están aquí!

Las palabras parecieron atravesar el miedo de Lucas. Con un grito que era más de angustia que de valentía, se lanzó hacia el enemigo que avanzaba hacia ellos, usando el palo para golpearlo con toda la fuerza que tenía. Aunque temblaba, logró derribar al hombre y proteger a Antonio, quien observó la escena con mezcla de alivio y orgullo.

Cuando el combate cuerpo a cuerpo terminó, la trinchera estaba llena de cuerpos, tanto enemigos como camaradas. Julián estaba sentado, mirando al vacío, mientras Antonio trataba de limpiar la sangre de sus manos. Lucas estaba encogido en una esquina, todavía llorando en silencio.

Antonio se acercó y se sentó a su lado:

—Lucas, has hecho lo que tenías que hacer. Estás vivo. Eso es lo único que importa ahora.

Lucas lo miró, todavía temblando.

—No soy como tú, Antonio… no soy fuerte… solo quiero volver a casa…

Antonio suspiró y le puso una mano en el hombro.

—Nadie es fuerte aquí, Lucas. Todos estamos asustados. Pero mientras estemos juntos, encontraremos la forma de seguir adelante.

Lucas asintió lentamente, mientras Julián se unía a ellos, tocando una melodía en su armónica. En medio del horror de la guerra, aquel pequeño gesto les recordaba una vez más que aún eran humanos y que aún había algo por lo que luchar.

Las trincheras estaban más silenciosas que de costumbre, pero no era la calma habitual de una tregua. El aire estaba cargado de tensión, como si la tierra misma contuviera la respiración. Las noticias habían llegado hacía dos días: el enemigo avanzaba rápidamente, y su posición podría ser atacada en cualquier momento.

Antonio, Julián y Lucas compartían un rincón del refugio, intentando encontrar consuelo en las pequeñas rutinas que les mantenían cuerdos. Sin embargo, incluso las tareas más simples, como limpiar los fusiles o repartir la ración diaria de pan, parecían teñidas de un miedo latente.

El comandante del batallón había ordenado reforzar las defensas. Hombres y mujeres trabajaban sin descanso, cavando más profundamente las trincheras, colocando alambre de púas y asegurando las posiciones de tiro. Antonio supervisaba el trabajo con una mirada sombría.

—¿Crees que vendrán esta noche? —preguntó Julián, mientras clavaba estacas en el suelo.

—No lo sé —respondió Antonio, sin apartar la vista del horizonte—. Pero debemos estar listos.

Lucas, sentado a un lado, se aferraba a su guitarra como si fuera un talismán. No había tocado una nota en días, como si la música pudiera atraer a los enemigos.

Aquella noche, mientras los tres descansaban en un refugio improvisado, Lucas finalmente habló:

—No puedo dejar de pensar en qué pasará si vienen… si no salimos de esta.

Antonio lo miró con calma, aunque sentía el mismo miedo.

—Es normal tener miedo, Lucas, pero no podemos dejar que nos paralice. Haremos lo que tengamos que hacer, juntos.

Julián asintió, intentando calmar a su amigo.

—Hemos sobrevivido a tantas cosas, Lucas. Esta no será diferente. Y si llega el momento… no estarás solo.

Al día siguiente, mientras reforzaban la barricada, un veterano llamado Ernesto, que había sobrevivido a múltiples frentes, se acercó a ellos. Su rostro curtido y su mirada dura hablaban de años de experiencia.

—Escuché lo que decías anoche, muchacho —dijo dirigiéndose a Lucas—. El miedo es normal. Yo también lo sentí en mis primeras batallas y en todas las que vinieron después. Pero hay algo que siempre me digo: mientras esté vivo, mientras pueda respirar, aún puedo luchar.

Lucas lo escuchó con atención, aunque no parecía convencido.

—¿Y si no podemos hacer nada? —preguntó.

Ernesto suspiró y colocó una mano en su hombro.

—Entonces haz que cada momento cuente. No peleas solo por ti, peleas por los que están a tu lado, por lo que amas y por los que no pueden defenderse. Eso es lo que nos hace diferentes.

Esa noche, la tensión alcanzó su punto máximo. El cielo estaba cubierto de nubes oscuras, y la luna apenas asomaba. Todos estaban en sus puestos, con las armas listas y los oídos atentos a cualquier ruido en la oscuridad.

Antonio, Julián y Lucas compartían una posición en la línea del frente. Nadie hablaba, pero los tres sabían lo que el otro estaba pensando. Antonio, con su libreta en el bolsillo, apretaba el fusil con fuerza. Julián miraba al horizonte, como si intentara adivinar por dónde vendría el ataque.

Lucas, aunque temblaba, no apartaba la vista de su sector asignado.

—¿Recuerdan el río? —preguntó Antonio de repente, rompiendo el silencio.

—¿Qué hay de él? —respondió Julián.

—Pensé que moriríamos esa noche. Pero aquí estamos, vivos, juntos. Si sobrevivimos a eso, podremos sobrevivir a esto.

Lucas asintió lentamente y, aunque el miedo no desapareció, encontró algo de consuelo en las palabras de Antonio.

La noche pasó sin incidentes, pero nadie durmió. Cuando el sol comenzó a asomarse por el horizonte, iluminando el campo de batalla, un suspiro colectivo recorrió las filas. No era una victoria, pero habían ganado un día más.

Antonio, exhausto pero aliviado, escribió en su libreta:

El enemigo aún no ha llegado, pero la guerra ya está en nuestras mentes. Cada noche de espera nos cambia, nos recuerda nuestra humanidad y nos acerca más unos a otros. Mientras estemos juntos, resistiremos.

Julián le dio una palmada en la espalda.

—Un día más, Antonio, un día más.

Lucas, con la guitarra en sus manos, finalmente tocó una suave melodía. No era una canción de victoria, pero sí de resistencia, y, en ese momento, fue todo lo que necesitaron para seguir adelante.

3

Duda de los ideales

Las trincheras, más que un campo de batalla, se habían convertido en un lugar de reflexión y cuestionamientos. La monotonía de los días, el ruido distante de las explosiones y las cartas sin respuestas hacían que muchos soldados comenzaran a preguntarse por qué estaban allí.

Para Antonio, Julián y Lucas, la lucha por la República había sido siempre clara, pero con cada baja, cada aldea arrasada, los ideales que los llevaron al frente empezaban a tambalearse. Una tarde, mientras revisaban sus armas, Antonio se quedó mirando su fusil con expresión distante. Era un hombre de principios firmes, pero incluso él sentía el peso de las contradicciones.

—¿Creen que esto realmente cambiará algo? —preguntó de repente, rompiendo el silencio.

Julián levantó la vista, sorprendido.

—¿A qué te refieres?

Antonio dejó el fusil a un lado y cruzó los brazos.

—Digo que… ¿cuánto más podremos resistir? Perdemos más terreno cada día. Y aunque ganemos, ¿qué nos espera después? El mundo está lleno de conflictos y parece que siempre hay algo más por lo que luchar.

Lucas, sentado cerca, suspiró.

—Lo he pensado también... ¿valdrá la pena todo este sacrificio?

¿O solo estamos repitiendo los mismos errores que otros cometieron antes?

Julián guardó silencio por unos momentos. Desde el inicio de la guerra, había creído profundamente en la causa republicana, pero en los últimos meses había visto demasiadas cosas que lo llenaban de dudas: órdenes incomprensibles, pueblos destruidos, vidas perdidas sin razón aparente.

—Al principio, pensé que luchar por la República era luchar por la libertad, por la justicia, pero ahora... —Hizo una pausa, como si le costara admitirlo—. Ahora solo veo muerte y destrucción, y no estoy seguro de que sea diferente a lo que combatimos.

Antonio lo miró, sorprendido por su confesión. Julián siempre había sido el más optimista de los tres.

—¿Entonces, por qué sigues aquí? —preguntó Antonio, con seriedad.

—Porque no puedo dejarlo. Si nos rendimos, ¿qué queda?

¿Quién luchará por los que no tienen voz? Aunque dude, aunque no entienda todo, todavía creo que hay algo por lo que vale la pena resistir.

Lucas, el más joven del grupo, observaba a sus amigos con atención. Sus propias dudas lo habían atormentado desde el principio, cuando su valentía de héroe se convirtió en miedo y sufrimiento. Pero escuchar a Antonio y Julián expresar sus dudas le hizo sentirse menos solo.

—Yo vine aquí con una ilusión —confesó Lucas con voz temblorosa—. Al ver a ustedes dispuestos a luchar, debía haber algo importante en juego. Pero ahora... no sé qué pensar.

Antonio suspiró, apoyando la mano en su hombro.

—No tienes que tener todas las respuestas, Lucas. Ninguno de nosotros las tiene. Lo único que podemos hacer es seguir adelante y tratar de encontrar algo en lo que creer, incluso si no es perfecto.

Días después, durante un breve alto el fuego, los tres se encontraron con un joven soldado del bando contrario que había sido capturado. Tenía su misma edad, pero sus ojos parecían mucho más viejos. Al principio, el odio los dominó; aquel joven representaba todo contra lo que estaban luchando.

Sin embargo, cuando comenzaron a hablar con él, descubrieron que compartían más de lo que esperaban. El soldado les confesó que tampoco entendía por qué estaba allí, que había sido reclutado a la fuerza y solo quería regresar a su hogar.

—Entonces, ¿por qué sigues luchando? —preguntó Antonio.

El soldado lo miró con tristeza.

—Porque no tengo otra opción. Y porque, si no lo hago, otro tomará mi lugar.

Esa conversación dejó una profunda impresión en los tres. Les recordó que, al final, los soldados en ambos bandos eran solo peones en un juego mucho más grande.

Esa noche, mientras compartían un cigarrillo en la trinchera, Antonio escribió en su libreta:

La guerra no se trata solo de ideales, también se trata de personas. Personas como nosotros, que solo quieren sobrevivir, que sueñan con algo mejor. Si no luchamos por los ideales perfectos, al menos podemos luchar por un mundo en el que nadie tenga que volver a enfrentarse a esto.

Para Antonio, Julián se había convertido en algo más que un amigo; se había convertido en una presencia constante, animándolo a hablar, a reflexionar e incluso a escribir.

Antonio desarrolló un sentimiento casi paternal hacia Lucas. El joven, aunque al principio todo era entusiasmo, se fue desmoronando poco a poco a causa de su juventud. Antonio empezó a verlo como un hermano menor que tenía que proteger.

Para Lucas, la oportunidad de la guerra le llevó a pensar que así tendría una oportunidad de realizar su gran sueño: querer ver mundo, además de demostrar su valía y vivir algo grande.

Cuando fue reclutado, su madre lloró desconsolada, mientras su padre, un hombre endurecido por los años, le apretó el hombro con fuerza y le dijo:

—Regresa como un hombre, hijo.

Julián veía en Lucas una representación de lo que él mismo quería preservar: la juventud y la esperanza. Por eso, a menudo lo animaba, le contaba historias y le ayudaba a escribir cartas para su familia. Una vez le dijo:

—No importa lo que pase aquí, Lucas. Siempre serás más que un soldado. Nunca lo olvides.

Martina, por su parte, era más pragmática. Sabía que la guerra no solía ser indulgente con los jóvenes como Lucas, pero aun así siempre le decía palabras de aliento.

Cuando Lucas confesó que le daba miedo morir, ella le respondió:

—El miedo es normal. Lo importante es que no te deje inmóvil. Sigue adelante, por ti y por los que están a tu lado.

A Martina, la guerra la transformó rápidamente. Las primeras semanas en el frente la hicieron comprender que salvar vidas era a menudo una tarea imposible; al menos, acompañaba a los heridos hasta su muerte. Se adaptó rápidamente a la brutalidad del frente; los soldados la respetaban y a la vez temían su franqueza.

Antonio, para Martina, era diferente; no era como otros soldados que intentaban impresionar o que ocultaban su miedo, pero Martina percibía en él una lucha interna que la intrigaba. Por eso, decidió darle un pequeño cuaderno que llevaba consigo:

—Escribe algo, lo que sea. A veces las palabras son lo único que nos queda.

Con Julián, Martina tenía una relación más fluida. Admiraba su idealismo, aunque a veces dudara de él y pareciera un ingenuo. Julián representaba algo que Martina había perdido: la esperanza.

En una de las batallas más cruentas, Martina demostró su verdadero coraje. Mientras las trincheras eran bombardeadas, salió repetidamente a recoger a los heridos, incluso cuando las explosiones se acercaban peligrosamente. Fue durante esa jornada que rescató a Julián, quien había quedado atrapado bajo un escombro.

—No te muevas ahora —le dijo mientras lo arrastraba a un lugar seguro—. Todavía tienes promesas que cumplir.

El gesto no pasó desapercibido para Antonio, quien desde ese día comenzó a verla no solo como enfermera, sino como una figura de fuerza inquebrantable.

Con el tiempo, el desgaste emocional empezó a afectar a Martina. Aunque seguía siendo un pilar para los demás, en su interior se sentía cada vez más vacía.

En una conversación con Antonio dejó entrever su agotamiento:

—Me pregunto si alguna vez dejaremos de luchar. Y no hablo de la guerra, hablo de nosotros mismos.

Antonio, que rara vez sabía qué decir, simplemente asintió. Ese momento de debilidad los unió aún más.

Antonio, en el cuaderno que le dio Martina, anotó una carta dirigida a ella:

> *Gracias por recordarme que, incluso en el barro, la compasión es lo que nos hace humanos. Siempre serás la voz que me ayudó a mantenerme en pie.*

Martina nunca se vio como una heroína, pero su impacto en Antonio, Julián y Lucas fue incuestionable. A través de su fortaleza, les enseñó que la guerra no debía despojarlos de su humanidad.

4

El día de las colinas

La noche era densa y fría. Una lluvia intermitente convertía el barro de las trincheras en un lodazal. Al otro lado del campo, las tropas enemigas mantenían un fuego constante, atrapando a un grupo de soldados republicanos en una posición crítica. Sin municiones ni refuerzos, el grupo estaba condenado si no recibía ayuda.

Antonio, Julián y Lucas y todos los demás permanecían en sus puestos, esperando órdenes. La tensión era palpable; cada explosión parecía más cercana que la anterior. Fue entonces cuando el sargento gritó sobre el ruido de la artillería.

—¡Necesitamos un voluntario para llevar municiones al grupo del flanco izquierdo!

El silencio se hizo pesado. Nadie quería moverse; todos sabían lo que significaba salir de la trinchera bajo fuego enemigo. Fue entonces cuando Lucas, con el rostro pálido pero decidido, dio un paso adelante.

—¡Yo iré! —dijo, su voz quebrándose levemente al final. Antonio lo tomó del brazo de inmediato.

—¿Estás loco? Es un suicidio.

—¡No puedo quedarme aquí mientras ellos mueren! Tú lo harías si estuvieras en mi lugar —respondió Lucas con una determinación que sorprendió a Antonio.

Antonio intentó convencer al sargento de que no enviara a Lucas, pero sus protestas fueron en vano.

Antes de partir, Julián se acercó al joven y le entregó un pequeño pañuelo.

—Póntelo en el cuello. Si algo pasa, quiero que recuerden quién eras.

Martina, que había permanecido en silencio, le ofreció un gesto rápido y un consejo práctico:

—Mantente bajo, corre en zigzag. No mires atrás. —Ella lo había visto muchas veces en los meses que llevaba en el frente.

Antonio no dijo nada más, pero en su interior sentía un nudo de angustia. Cuando Lucas salió de la trinchera con la caja de municiones a cuestas, Antonio no pudo apartar la vista de él.

Lucas corrió con todas sus fuerzas, esquivando el barro y las balas que surcaban el aire. El estruendo de los disparos y las explosiones lo rodeaban, pero su mente estaba fija en su objetivo: llegar al grupo atrapado. Cada paso le parecía eterno, y aunque el miedo era un peso en su pecho, seguía avanzando.

Cuando finalmente llegó, los soldados del flanco izquierdo lo recibieron con gritos de alivio. Lucas dejó la caja de municiones y se giró para regresar, pero una ráfaga de balas lo detuvo en seco. Una de ellas lo alcanzó en el abdomen, haciendo que cayera al suelo con un grito ahogado.

De repente, un ardor abrasador recorrió su cuerpo. Lucas apenas tuvo tiempo de entender lo que estaba sucediendo antes de que su cuerpo cediera al dolor. El mundo se volvió más lento, como si todo a su alrededor estuviera sumergido en agua. Los gritos de los compañeros, el silbido de las balas y el retumbar de las explosiones parecían lejanos, irreales. Solo el dolor de su abdomen le mantenía conectado a la realidad.

Esa fue la primera idea que cruzó su mente. No era como lo había imaginado. Había pensado que un disparo sería como un golpe seco, algo que apenas se sentía antes de desmayarse.

Pero no: el dolor era un ardor intenso y persistente, como si alguien hubiera enterrado un hierro candente en su piel.

«¿Voy a morir?», pensó mientras su visión comenzaba a nublarse. Un frío extraño lo recorrió y la sangre, cálida y pegajosa, comenzaba a empapar su camisa.

Intentó moverse, pero cada intento era un recordatorio del daño. La desesperación lo golpeó con fuerza:

—No puedo moverme… ¿Y si me dejan aquí? ¿Y si el enemigo me encuentra antes que mis compañeros?

El miedo a ser capturado, a morir solo en medio del campo, era casi tan grande como el dolor físico. Mientras yacía en el suelo, con la cara contra la tierra húmeda, su mente comenzó a llenarse de imágenes: su madre, el viejo huerto de la casa, las noches en las que su padre le enseñaba canciones antiguas con la guitarra.

Pensó en Antonio y Julián, en cómo siempre le decían que debía ser fuerte, aunque él mismo no se sintiera así.

«¿Esto es todo?», se preguntó. «¿Termina aquí?».

Antes de que la oscuridad pudiera reclamarlo, escuchó voces familiares que se acercaban.

—¡Lucas! ¡Resiste! —gritó Antonio.

Desde la trinchera, Antonio vio cómo Lucas caía. Sin pensarlo, tomó su fusil y salió corriendo hacia él, ignorando los gritos de advertencia de Julián y Martina. El barro se aferraba a sus botas, pero no se detuvo.

Cuando llegó a Lucas, lo encontró consciente pero pálido, con las manos presionando inútilmente la herida en su abdomen.

—¡Te sacaré de aquí! —le dijo Antonio, aunque ambos sabían que la situación era grave.

Con un esfuerzo sobrehumano, Antonio levantó a Lucas y lo cargó sobre sus hombros. El trayecto de vuelta fue un infierno: las balas pasaban zumbando a su alrededor y explosiones cercanas lo hacían tambalearse, pero logró llegar milagrosamente a la trinchera con el joven.

Martina y Julián lo recibieron, llevándolo rápidamente al improvisado puesto médico. Martina intentó detener la hemorragia, pero al ver la gravedad de la herida supo que no había nada que hacer. Aun así, permaneció a su lado, sosteniéndole la mano.

—¡Lo siento, Lucas! —susurró Martina, con los ojos llenos de lágrimas contenidas.

El joven miró a Antonio, que estaba arrodillado junto a él.

—¿Crees que lo logré? ¿Crees que hice algo bueno?

Antonio, con la voz quebrada, respondió:

—Hiciste más de lo que cualquiera de nosotros podría haber hecho. Eres un héroe, Lucas.

Lucas sonrió débilmente y murmuró:

—Diles a mis padres que lo intenté… que no fui un cobarde.

Sus ojos se cerraron lentamente mientras su respiración se apagaba. Antonio apretó su mano hasta que quedó inmóvil.

La muerte de Lucas dejó a todos en silencio. Julián, que siempre encontraba palabras para consolar a los demás, no pudo hablar.

Martina se levantó y salió del puesto médico, buscando un lugar donde llorar en soledad.

Antonio, por su parte, permaneció junto al cuerpo del joven, incapaz de moverse.

—No tenía que ser así —murmuró, dirigiéndose a nadie en particular.

Julián se acercó y colocó una mano en su hombro.

—Nunca lo es.

Esa noche, Antonio abrió el cuaderno que Martina le había dado y escribió sobre Lucas por primera vez. Sus palabras no eran sofisticadas, pero estaban llenas de emoción:

Lucas era demasiado joven para entrar aquí, pero su valentía fue más grande que todos nosotros. No lo olvidaré, ni dejaré que otros lo hagan.

Desde entonces, el recuerdo de Lucas se convirtió en una fuente de motivación y en un peso emocional para Antonio. La culpa y el dolor lo empujaron a proteger a los nuevos reclutas y a buscar una forma de honrar a los caídos, incluso después de la guerra.

Han pasado tres semanas desde la muerte de Lucas. Las trincheras han cambiado de ubicación, pero el aire pesado del duelo y la guerra sigue presente entre los hombres.

Antonio, que no deja de cargar con el recuerdo del joven Lucas, se encuentra solo en un rincón apartado de la trinchera, sentado sobre una caja de municiones. La noche es tranquila, una rareza en el frente, y la luz de una vela parpadeante ilumina el cuaderno.

El sonido lejano de los grillos contrasta con el silencio que lo rodea. Es la primera vez que Antonio se permite escribir desde la muerte de Lucas. Abre el cuaderno con manos temblorosas y toma un trozo de lápiz gastado. Respira hondo y comienza a escribir:

A los padres de Lucas:

No sé si esto alguna vez llegará a sus manos. Tampoco sé si tengo derecho a escribir estas palabras, pero siento que debo hacerlo, porque Lucas merece ser recordado más allá de la guerra que se lo llevó.

Conocí a su hijo aquí, en el frente donde la vida parece perder todo sentido. Era un muchacho lleno de sueños, aunque el miedo lo perseguía a cada paso. Creo que nunca perdió ese miedo, pero lo enfrentó con una valentía que pocos de nosotros tenemos.

El día que Lucas murió fue uno de los peores de mi vida. Nos encontrábamos atrapados bajo el fuego enemigo, y había soldados al otro lado que necesitaban ayuda. Nadie quería moverse. Nadie, excepto él. Yo intenté detenerlo, pero Lucas era un terco, como solo alguien con un corazón puro puede serlo.

Salió de la trinchera con las municiones a cuestas, bajo la lluvia de balas. Llegó a donde debía, entregó lo necesario y salvó vidas con ese gesto. Pero en el camino de regreso, una bala lo alcanzó.

Corrí hacia él. No podía dejarlo ahí. Lo traje de vuelta y Martina, nuestra enfermera, hizo todo lo que pudo. Pero la herida era demasiado. A pesar del dolor, Lucas no se quejó. En sus últimos momentos, solo habló de ustedes. Me pidió que les dijera que lo intentó, que no fue un cobarde. Y eso es exactamente lo que quiero que sepan.

Lucas no fue un cobarde. Fue más valiente de lo que cualquiera de nosotros podría haber sido. Su sacrificio no fue en vano.

Salvó a otros y nos recordó a todos lo que significa la humanidad, incluso en medio de esta locura. Yo, un hombre endurecido por la guerra, lloré por él. Y sigo llorándolo.

No sé cómo serán los días tras leer esto. Solo espero que encuentren consuelo en saber que Lucas fue amado y respetado por quienes lo conocimos. Lo llevamos en nuestros corazones, y yo personalmente

me encargaré de que su memoria no se pierda. Era más que un sol-
dado; era un buen hombre, y el mundo es un lugar más oscuro sin él.
Con todo mi respeto y pesar.

Antonio

Al terminar la carta, Antonio deja el lápiz y se pasa las manos por el rostro, sintiendo la humedad de unas lágrimas que no
recuerda haber dejado salir. Cierra el cuaderno y lo guarda con
cuidado, como si fuera lo más valioso que posee.

Martina, que ha estado observándolo a distancia, se acerca
en silencio. Se sienta junto a él sin decir una palabra, respetando
su espacio. Después de un rato, rompe su silencio.

—¿Escribes sobre Lucas?

Antonio asiente, mirando la vela.

—Quería decirle a su familia lo que significó para nosotros.
No sé si alguna vez lo leerán, pero necesitaba hacerlo.

Martina lo observa por un momento antes de responder.

—Eso es lo que importa. Que no quede olvidado.

Antonio no dice nada más, pero en su interior siente un peso
ligeramente menor. Por primera vez desde la muerte de Lucas,
siente que ha hecho algo que honra su memoria.

5

Una llama en la oscuridad

Más de un año después, en primavera. El país está devastado y muchas familias todavía esperan noticias de sus seres queridos. La familia de Lucas, en su pequeño pueblo extremeño, ha intentado seguir adelante a pesar de la represión a la que son sometidos. Pero la ausencia de Lucas es un vacío constante.

Un día, un cartero llega con una carta inusual. El sobre es tosco, manchado por el tiempo y el viaje; como si de un milagro se tratara, había llegado a su destino. Tal vez estaba destinada a ello. El nombre de la familia está escrito con cuidado. La madre de Lucas, doña Amalia, recibe el sobre con manos temblorosas. Su marido, don Pascual, se acerca lentamente, mientras sus hijos mayores dejan de trabajar en el campo para reunirse en la humilde cocina.

Amalia abre la carta y comienza a leer en voz alta, aunque no sabe leer bien; ella insiste en hacerlo. Su voz es fuerte al principio, pero pronto comienza a quebrarse.

—A los padres de Lucas.

La madre se detiene un instante, cerrando los ojos como si se preparara para un golpe. Sus hijos, atentos, intercambian miradas de preocupación, pero nadie la interrumpe.

Cuando Amalia continúa, su voz se vuelve más tenue, cargada de emociones que intenta contener. Al llegar a las palabras

«Lucas no fue un cobarde. Fue más valiente de lo que cualquiera de nosotros podría haber sido», su rostro se cubre de lágrimas. La carta cae de sus manos, pero uno de los hijos mayores, Tomás, la recoge y sigue leyendo en voz alta. Al finalizar, todos permanecen en silencio. La cocina está cargada de una mezcla de orgullo, dolor y consuelo.

Amalia se lleva las manos al rostro y comienza a llorar desconsoladamente. Pero hay algo diferente en estas lágrimas; no son solo de tristeza, sino también de alivio. Entre sollozos, murmura:

—¡Mi niño… mi Lucas… no murió solo! ¡No murió solo!

Pascual, que siempre ha sido un hombre parco en palabras, se acerca a ella y la toma de las manos. Aunque sus ojos están secos, hay un brillo en ellos que no habían tenido desde que Lucas se fue.

—Hizo lo que debía, Amalia. Fue un buen hijo, y ahora sabemos que fue un gran hombre.

Tomás, el mayor, se levanta y sale de la casa sin decir nada. Sus pasos son pesados, pero al llegar al árbol donde él y Lucas jugaban de niños, se sienta y se permite llorar por primera vez desde la guerra. Mientras tanto, Ana, la hermana menor, toma el pañuelo que había sido de Lucas y lo presiona contra su pecho, como si quisiera aferrarse a un trozo de él.

—Siempre decía que quería ser alguien importante —susurra Ana, mirando a su madre—. Creo que lo logró.

La carta de Antonio no borra el dolor de la pérdida, pero les da algo invaluable: la certeza de que Lucas no fue olvidado y que murió siendo valiente. En los días siguientes, Pascual toma la carta y la guarda en una pequeña caja junto a las pertenencias de Lucas: su pañuelo, un botón de su uniforme y un rosario.

Amalia, por su parte, comienza a hablar más de Lucas, recordando sus travesuras de niño y las veces que soñaba con ver el mundo. Antes le costaba mencionar su nombre, pero ahora lo hace con una mezcla de orgullo y nostalgia.

En el pueblo, la carta se convierte en un símbolo. Los vecinos se acercan a la familia para ofrecer sus condolencias, pero también para honrar la memoria de Lucas. Su historia, contada a través de las palabras de Antonio, inspira a otros a recordar a sus propios caídos con amor y dignidad.

Unos meses después, Amalia se sienta a escribir una carta. No es una tarea fácil para ella, que apenas sabe leer y escribir, pero insiste en hacerlo por sí misma. En un papel sencillo, escribe:

> *Querido Antonio:*
>
> *No tengo palabras para agradecerle lo que hizo por mi hijo. Su carta nos devolvió a Lucas, aunque sea solo en recuerdos.*
>
> *Saber que no estuvo solo, que fue valiente, nos llena de consuelo en medio de este dolor.*
>
> *Gracias por cuidarlo, por traerlo de vuelta, aunque no fuera como esperábamos. Siempre estará en nuestros corazones, y ahora también en el suyo.*
>
> *Con gratitud eterna,*
> *Amalia y Pascual, padres de Lucas.*

La carta llegaría a manos de Antonio años después.

La realidad de la trinchera volvió a Antonio y Julián; la muerte de Lucas les hizo pensar aún más si merecía la pena las vidas que se estaban perdiendo en cada batalla.

Antonio le dijo a Julián:

—¿Recuerdas aquella vez que Lucas nos hizo reír a carcajadas con su idea de abrir una taberna en medio del frente? Juraba que la llamaría El Trincherazo y que su especialidad serían los platos hechos con raciones de combate.

Los dos rieron con la tristeza que les causaban esos comentarios, los cuales Antonio tenía escritos en su cuaderno.

Julián dijo:

—¿Te acuerdas de cuando Lucas quiso hacer una obra de teatro en medio del frente? —le preguntó a Antonio, tratando de aligerar el ambiente.

Los dos sonríen, pero brevemente, pues se apaga como un destello que pasa rápidamente.

—Claro que sí. Nos puso a todos como personajes absurdos. Tú eras un héroe trágico, ¿no?

—Y tú eras el bufón —dijo Julián.

—Supongo que sigo siéndolo —murmura Julián, desviando la mirada hacia el suelo.

Todo hacía indicar que la guerra tomaba un rumbo que meses atrás no habían imaginado; las trincheras que habían tomado las iban perdiendo poco a poco. Esa noche, las imágenes se volvieron insoportables: la trinchera iluminada por los disparos, el barro empapado de sangre y el miedo cada vez más reflejado en sus rostros.

Antonio sacó su cuaderno; no sabía si iba a ser su última anotación y escribió:

Es el final, lo sabemos aunque no nos atrevemos a decirlo; el cruce de miradas con Julián y los camaradas lo dice todo: miedo, mucho miedo. La línea enemiga está muy cerca y la orden era clara: resistir a toda costa. Lo que más siento no es el miedo, es el silencio antes del ataque.

Los habían trasladado al frente de Teruel. Era el frío más intenso que Antonio había conocido, pero eso no importaba. Lo único que importaba era mantener la posición.

Antonio y Julián estaban al frente, junto a Ramiro y Eugenio. Habían pasado días sin descanso y la moral estaba por los suelos. Ante ese frío, Antonio recordaba las bromas de Lucas:

—¡Cuando todo esto termine, abriremos esa taberna, El Trincherazo, y prometo que habrá caldo caliente para todos!

A continuación, los disparos del enemigo fueron en aumento. Aguantar la posición era algo imposible, pero resistieron la primera ofensiva. Tras dos horas de batalla, no consiguieron avanzar. El paso de las horas indicaba que Teruel caería en algún momento; el enemigo se había reforzado con cañones y hombres, y ellos eran cada vez menos. Poco a poco se fueron replegando.

Volvieron a posiciones anteriores, pero lo importante era que habían sobrevivido un día más. Esa noche, para sobrellevar el miedo, Julián cogió su armónica y tocó la melodía que siempre acompañaba a Lucas en las trincheras.

Antonio no podía evitar pensar en Lucas. Sacó su cuaderno y escribió:

Lucas no solo era el alma de la trinchera; era nuestra conexión con el mundo que habíamos dejado atrás. En cada historia que contaba, en cada canción que tocaba, nos recordaba que aún éramos humanos, aunque el barro y la sangre nos intentaran convencer de lo contrario.

6

El caos

Ya se presagiaba que la resistencia se iba desmoronando. En un último intento por resurgir el ánimo de las tropas, la ofensiva se centró contra un pueblo tomado por el enemigo, objetivo primordial para la República, que debía recuperarlo a costa de lo que fuera.

Antonio y Julián estaban entre las tropas que debían tomar el pueblo:

—Julián, ¿crees que podemos tomarlo? —preguntó Antonio.

—No lo sé. Iremos casa a casa, calle a calle. Va a ser una masacre, Antonio.

—No pienses eso, lo vamos a conseguir. Ya llevamos muchas batallas y aquí estamos.

Julián lo miró con la vista perdida; los dos sabían que podría ser su último día. El riesgo de estar expuestos les hacía dudar.

Durante varios días, los ataques fueron continuos. Sobre las ruinas del pueblo se libraba una batalla, como si cada rincón de la tierra contuviera la última esperanza de ambos bandos.

Antonio y Julián, tras meses de batallas, compartían un destino final que se dibujaba con claridad en sus miradas.

El día había comenzado con un aire tenso. Las tropas republicanas habían tomado posiciones en el pequeño pueblo, de calles estrechas y casas de piedra desgastadas.

Antonio y Julián lideraban un grupo reducido que debía mantener el control de la plaza principal. Había poco margen de error: si perdían el pueblo, la retirada sería caótica y muchos no vivirían para contarlo.

El sonido de las botas en las calles empedradas, acercándose, resonaba como un tamborileo constante.

Antonio, agachado tras un muro bajo, observaba el horizonte con un fusil en las manos. A su lado, Julián vigilaba las esquinas mientras murmuraba en voz baja, como si rezara.

—¡Están cerca! —susurró Julián.

Antonio asintió y levantó el puño en señal de silencio. La tensión era insoportable, cada segundo parecía eterno. Cuando las primeras figuras del enemigo aparecieron al otro lado de la plaza, la batalla comenzó.

Las balas llovieron en todas direcciones. Antonio se movía de un lado a otro, gritando órdenes y asegurándose de que su grupo mantuviera la posición. Su voz era firme, pero su mente estaba inundada de preocupaciones.

De repente, en medio del caos, vio a un joven enemigo que corría hacia ellos con una granada en la mano. Sin pensarlo, apuntó y disparó.

El joven cayó, pero la granada rodó por el suelo, amenazando con explotar cerca de ellos.

—¡Atrás! —gritó Antonio mientras corría hacia la granada para patearla lejos.

El artefacto explotó al otro lado de la plaza, salvando al grupo, pero el movimiento había dejado a Antonio expuesto. Apenas se levantó, una bala lo alcanzó en el hombro derecho. El dolor fue inmediato, como un rayo que atravesaba su cuerpo. Su fusil cayó al suelo y él tropezó hacia atrás, chocando contra la pared de una casa. La sangre comenzó a empapar su camisa y su brazo derecho quedó inútil, colgando a un lado.

Julián, al escuchar su grito, corrió hacia él.

—¡Antonio! —exclamó, agarrándolo por la cintura para sostenerlo.

—¡Es el hombro! —jadeó Antonio, con la voz rota por el dolor—. Estoy bien. Sigan…

—¡Cállate! —le respondió Julián mientras presionaba una tela contra la herida para detener la hemorragia.

El grupo sabía que no podían quedarse allí. El enemigo estaba ganando terreno y la plaza era ya un lugar imposible de defender.

Con Antonio herido, Julián y otro compañero lo cargaron entre los dos, mientras el resto cubría la retirada. Antonio intentaba mantenerse consciente, luchando contra el dolor.

Finalmente encontraron una casa abandonada en las afueras del pueblo. Julián se encargó de improvisar un vendaje mientras los demás vigilaban.

—La bala salió limpia, pero necesitas un médico —dijo Julián, tratando de sonar optimista mientras limpiaba la herida con agua de la cantimplora.

Antonio apretó los dientes y asintió, aunque la palidez de su rostro traicionaba su estado.

—No hay tiempo para médicos. Tenemos que seguir…

—No esta vez —interrumpió Julián con firmeza—. Ya has hecho suficiente. Ahora es nuestro turno.

El dolor en su hombro era insoportable, pero lo que más le dolía era la culpa.

—Si no fuera por mi error, no estaríamos en esta situación…

Julián negó con la cabeza y le respondió con calma:

—Estaríamos peor si no hubieras pateado esa granada. Salvaste a todos, Antonio. Este es el principio de luchar, y lo hemos asumido siempre. No puedes cargar con todo, Antonio. Somos un equipo. Cuando uno cae, los demás lo levantan.

Antonio los observó en silencio, sintiendo una mezcla de gratitud y tristeza. En ese momento comprendió que no estaba solo, que la responsabilidad de la guerra no recaía únicamente sobre sus hombros.

A pesar de las heridas, Antonio se negó a rendirse. Con el brazo en cabestrillo, continuó apoyando a su grupo, esta vez desde un rol más estratégico. Aunque sabía que las cicatrices de ese día permanecerían para siempre, también entendió que eran un recordatorio de la humanidad y la camaradería que aún existían, incluso en medio de la guerra.

En medio del caos, Julián, siempre tan resuelto, avistó a un grupo de compañeros atrapados bajo el fuego enemigo en una posición imposible de sostener. Sabía que no podían resistir más. Se volvió hacia Antonio, que estaba herido, apoyado contra la pared semiderruida.

—No hay otra manera, Antonio. Ellos tienen que salir de aquí. Yo puedo distraerlos.

Antonio, con los ojos empañados, negó con la cabeza. El recuerdo de Lucas, antes de salir de la trinchera, hizo acto de presencia; no quería volver a ver morir a un amigo.

—¡No, no tú! Si alguien tiene que hacerlo, seré yo.

—No esta vez —respondió Julián con una leve sonrisa.

Sin esperar respuesta, Julián cogió su fusil y corrió hacia la calle que llevaba a la plaza donde estaban atrapados sus compañeros.

Esto hizo que, por un momento, cambiaran la dirección de los disparos, momento que aprovecharon los demás para huir del sitio.

Antonio no dejó de mirar a Julián ni un momento, hasta que una explosión lo hizo caer. Una granada explotó cerca de él y lo derribó. Antonio, en ese momento, se quedó frío. ¿Había visto morir a Julián?

La batalla continuó durante varias horas y el caos se apoderó del pequeño pueblo. Antonio, cada vez más débil por la herida, no pudo comprobar qué le pasó a Julián. Fue rescatado y trasladado a retaguardia, donde ya no había casi ni médicos ni recursos. Antonio no volvió a saber más de Julián, si seguía vivo o muerto.

Fue trasladado a Barcelona. El frente cada vez se acercaba más y todo hacía indicar que se perdía terreno poco a poco.

Todavía conservaba su libreta, donde había escrito las cartas y anécdotas de la trinchera. La leyó una y otra vez. La tristeza, y a la vez la alegría de haber conocido a Julián, Lucas y Martina, lo llenaban de satisfacción. Pasarían años de dudas sobre si Julián y Martina lo habían conseguido.

7

Huida, recuerdos y esperanza

Antonio se recuperó poco a poco en un hospital de Barcelona. El frente estaba cada vez más cerca y todo indicaba que tendría que huir a Francia, como casi todos los demás compañeros. Sus heridas ya no le impedían moverse.

Cuando la República estaba a punto de caer, Antonio tuvo que tomar la decisión más difícil de su vida: abandonar España.

Sabía que la represión que habían oído llegaría a ellos; los franquistas no perdonaban a antiguos combatientes, y quedarse significaba enfrentar la cárcel o algo peor. Con el corazón pesado, dejó atrás todo lo que conocía y amaba, cruzando los Pirineos en una fría noche de enero de 1939 junto a otros cientos de refugiados.

Antonio llevaba solo lo esencial: una manta raída, su cuaderno —donde había escrito sus pensamientos y cartas durante la guerra— y una fotografía que guardaba de su familia. La marcha por las montañas era agotadora. Las botas, desgastadas por los años de uso, dejaban pasar el frío y la humedad. El grupo caminaba en silencio, roto ocasionalmente por llantos de niños o susurros de ánimo entre compañeros.

Cada paso era una mezcla de esperanza y desesperación. Antonio sabía que, al cruzar la frontera, dejaba atrás su tierra, pero también comprendía que era su única posibilidad de sobrevivir.

A menudo miraba hacia atrás, como si esperase ver el pueblo que había dejado, aunque sabía que estaba a cientos de kilómetros de distancia.

Al llegar a Francia, la realidad fue brutal. En lugar de encontrar la libertad, los refugiados fueron enviados a campos improvisados, donde el hambre y la enfermedad eran comunes.

Antonio fue llevado al campo llamado Argelès-sur-Mer, un lugar que más parecía una prisión que un refugio. El campo estaba situado en la playa, y los refugiados vivían en tiendas de campaña o, en su mayoría, a la intemperie. El viento del mar era constante, y la arena parecía meterse en todos lados: en la ropa, en la comida, incluso en los pensamientos.

Antonio pasaba las noches recordando los días en las trincheras con Julián y Lucas, y las mañanas observando el mar, preguntándose si alguna vez volvería a sentir que tenía un hogar.

Cuando finalmente le permitieron salir del campo, se dirigió a Toulouse, donde tiempo después consiguió trabajo como obrero en una fábrica. El trabajo era duro y mal pagado, pero le ayudaba a sobrevivir.

En las noches, Antonio escribía en su cuaderno. Escribía sobre la guerra, sobre los amigos que había perdido, sobre la injusticia de un mundo que parecía haberle dado la espalda. La escritura era su manera de resistir, de no dejar que el silencio de la derrota lo consumiera.

Con el tiempo, conoció a otros exiliados. Formaron una pequeña comunidad que se reunía los fines de semana para hablar de sus recuerdos y sus esperanzas. Aunque el dolor de la pérdida nunca desapareció, estas reuniones le recordaban que no estaba solo, que otros compartían su lucha.

En su exilio en Francia, Antonio vivía con la melancolía de un pasado que pesaba como una losa.

Fue en una de esas reuniones de la comunidad republicana donde conoció a Ana, la legendaria guerrillera del pañuelo rojo. Ana llegó con su habitual aire decidido, pero con una serenidad adquirida después de años de lucha. Era conocida por sus hazañas en los frentes de la guerra civil española y por su papel en la resistencia francesa posteriormente en la resistencia francesa contra la ocupación nazi. Su pañuelo rojo, que siempre llevaba atado al cuello, era un símbolo de su rebeldía y de las vidas que había salvado.

Antonio la vio entrar en la sala y quedó cautivado al instante. No era solo su belleza —marcada por ojos profundos y una sonrisa serena—, sino su porte firme, como si la guerra la hubiera hecho invencible, pero también profundamente humana.

La conversación entre ambos comenzó de manera sencilla, mientras compartían un café al final de la reunión. Antonio, tímido al principio, le preguntó:

—¿Es cierto todo lo que cuentan de ti? Que lideraste una emboscada en la sierra y salvaste a una brigada entera.

Ana, con una leve sonrisa, respondió:

—La gente siempre exagera. Hicimos lo que pudimos para resistir, pero nadie sale de una guerra sin heridas, Antonio.

—No son solo las heridas físicas —dijo él, tocándose el hombro, donde aún llevaba las secuelas de un disparo—. Es el alma la que queda rota.

Ana asintió, comprendiendo al instante. Entre ellos nació una conexión basada en las cicatrices compartidas, no solo las visibles, sino las que llevaban dentro.

Antonio y Ana compartían recuerdos de sus días en las trincheras y hablaban del futuro que soñaban para España. Antonio veía en Ana una inspiración. Su fortaleza lo animaba a seguir adelante, incluso en el exilio. Cuando leía sus cartas, Ana lo escuchaba atentamente, como si a través de esas palabras pudiera reconstruir las esperanzas de un tiempo que parecía perdido.

Ana le habló de su pañuelo:

—Este pañuelo no es solo un recuerdo de la lucha —le dijo—. Es mi promesa de no olvidar a quienes quedaron atrás.

Antonio, emocionado, le tomó la mano.

—Ana, tus luchas no han sido en vano. Gracias a ti, la memoria de quienes cayeron sigue viva.

A partir de entonces, su relación se fortaleció. Decidieron luchar juntos, no ya con armas, sino con palabras y actos. Antonio ayudó a Ana a recopilar sus memorias, mientras ella lo animaba a publicar las cartas que había escrito durante la guerra. Querían que las nuevas generaciones conocieran no solo el dolor, sino la esperanza que guiaba a quienes lucharon por un mundo más justo.

Ana no solo era una guerrillera, era una líder. Sus historias de emboscadas, sabotajes y rescates eran heroicas, pero también cargadas de humildad. Nunca se atribuía más mérito del que creía merecer y siempre hablaba de sus compañeros caídos con un respeto que conmovía a Antonio.

Julián fue rescatado de entre los escombros después de la explosión. Estaba herido, pero no grave: viviría una vez más. En el repliegue republicano tras el avance nacional, fue apresado; ese día fue tan gris como los meses que vendrían después.

La intención de Julián era llegar a Francia, pero el dolor que le producía la metralla incrustada en su pierna le hizo imposible huir. Fue interceptado por soldados franquistas. Su cojera lo delató como combatiente. En ese momento sintió que todo se acababa; ese miedo que había sentido en las trincheras volvía, pero esta vez era diferente. Perdió toda esperanza de vivir: sabía que las consecuencias serían graves.

Lo esposaron y lo trasladaron a un campo de concentración en León, donde miles de prisioneros republicanos esperaban un destino incierto.

Un antiguo convento, convertido en campo de concentración, era un lugar inhóspito: frío, húmedo y abarrotado de hombres que compartían historias de la guerra, pero también silencios llenos de dolor. Julián fue asignado a una celda común, donde decenas de hombres se apiñaban en el suelo, sin camas ni mantas. Las paredes estaban cubiertas de inscripciones de otros presos: nombres, fechas, pensamientos de desesperación y resistencia.

El dolor en su pierna no cesaba. Sin acceso a medicinas, las noches eran insoportables, tanto por el frío como por el ardor de la herida. A menudo cerraba los ojos y recordaba a Antonio, preguntándose si habría caído en manos del enemigo.

La rutina en el campo era deshumanizante. Los presos eran obligados a realizar trabajos forzados: cavar zanjas, transportar escombros, limpiar las calles cercanas bajo la mirada vigilante de los guardias. Julián, debilitado por su herida, hacía lo que podía para no atraer la atención de los soldados, pero a menudo caía al suelo, incapaz de continuar. Cada caída le valía insultos y, a veces, golpes.

A pesar de todo, Julián encontró momentos de consuelo en las pequeñas comunidades que los presos formaban en el campo. Se unió a un grupo de hombres que compartían sus conocimientos y enseñaban a leer y escribir a quienes no sabían. Julián, maestro en su pueblo, encontró en ello una salida para aliviar el sufrimiento. A veces recitaban poesía o cantaban canciones populares, recordándose unos a otros que aún eran humanos, a pesar de todo.

Con el paso de los meses, a causa de los trabajos, la pierna de Julián le causaba más dolor: la metralla incrustada le pinchaba como un cuchillo. Los médicos del campo, pocos y mal equipados, no podían hacer mucho más que vendarla de forma precaria.

Finalmente, los oficiales del campo decidieron que Julián ya no era útil. No podía trabajar, y mantenerlo con vida era un gasto innecesario. Pero, en un gesto de compasión del comandante ante el sufrimiento de Julián, se tomó la decisión de dejarlo en libertad condicional bajo la excusa de «inutilidad física». Ese gesto le salvó de una muerte segura. Lo dejaron a las afueras de un pueblo cercano, con nada más que un bastón y un trozo de pan duro.

Julián, cojo y debilitado, emprendió el regreso a su hogar, su casa, su pueblo. El trayecto fue lento y lleno de sufrimiento. Cada paso era una tortura, pero la idea de volver lo impulsaba a seguir. La gente de los lugares por donde pasaba a veces le mostraba compasión y le daba comida o alojamiento, pero otros, ante el miedo a la represión, lo ignoraban.

Julián pensaba que la lucha en las trincheras no había servido para nada. La pérdida de tantos hombres y mujeres… ¿para qué? Esa era la realidad que estaba sintiendo.

Cuando finalmente llegó a su pueblo, encontró un lugar cambiado por la guerra. La mayoría de los hombres habían muerto o desaparecido, y las mujeres trabajaban incansablemente en el campo para mantener a sus familias.

La casa de su familia estaba vacía. Sus padres habían fallecido durante el conflicto, y sus hermanos habían huido o habían sido llevados al frente. No volvió a saber nada más de ellos. Ahora estaba solo, sumido en una soledad sin salida.

Quienes lo conocían lo animaban a enseñar a leer y escribir a los niños del pueblo, a volver a ser maestro. Eso le dio un motivo para seguir viviendo con esperanza. Al menos podía enseñar. También ayudaba como podía en el campo, simplemente por un trozo de pan.

Su experiencia en el campo de concentración y su cojera se convirtieron en símbolo de resistencia para aquellos que aún temían hablar de la guerra. Pero, al contrario de lo que pensaba, la soledad iba en aumento: sus padres, sus hermanos, todos esos recuerdos lo hacían hundirse más y más.

8

Un amor entre luchadores

Ana, que siempre había sido cautelosa en sus relaciones, encontró en Antonio una tranquilidad que nunca antes había sentido.

Antonio había conocido el dolor, la pérdida y la lucha, pero no estaba preparado para el impacto que Ana tendría en su vida. Desde el primer momento en que la vio en aquel café de Toulouse, supo que algo en él cambiaría para siempre. Ana, con su porte seguro, su cabello recogido en un moño desaliñado y ese pañuelo rojo que parecía gritar libertad, era una figura imposible de ignorar.

Antonio, acostumbrado a mantener sus emociones bajo control tras años de sufrimiento, se sintió vulnerable ante ella. No era solo su belleza, sino su esencia: una mezcla de fortaleza y calidez que lo atraía de una manera que no podía explicar.

La relación entre ellos creció en pequeños gestos. Antonio solía esperarla fuera del taller donde trabajaba como costurera para ayudar a los exiliados. Juntos compartían paseos, cenas sencillas y largas charlas sobre el pasado y los sueños de un futuro libre.

Ana descubrió a un hombre que no buscaba salvarla ni cambiarla, sino acompañarla. Una noche, mientras compartían una copa de vino en el pequeño apartamento de Antonio, ella le confesó:

—Siempre pensé que no tendría espacio para el amor en mi vida. He perdido tanto que no quería arriesgarme a perder más. Pero contigo… contigo siento que el amor también puede ser una forma de resistencia.

Antonio, emocionado, tomó su mano.

—Ana, tú me has dado algo que pensé que había perdido para siempre: un propósito más allá del dolor.

El pañuelo rojo de Ana se convirtió en un símbolo de su amor. Una tarde, mientras ella lo llevaba atado al cuello, Antonio le dijo:

—Ese pañuelo tiene tanto de ti. Es fuerza, es rebeldía, es pasión. Es como si en él viviera toda tu esencia.

—Entonces es tuyo —respondió Ana desatándolo y entregándoselo—. Para que me lleves contigo siempre, incluso cuando estemos separados.

Antonio aceptó el pañuelo con lágrimas en los ojos. Lo atesoró como el símbolo del amor que compartían, un amor nacido de la lucha, pero que florecía en la paz que encontraban juntos.

El amor de Antonio por Ana trascendía las palabras y los gestos. Era un amor que lo impulsaba a vivir con más pasión, a continuar luchando por la memoria de los suyos y a buscar justicia.

Cuando escribía cartas o relatos sobre sus experiencias, siempre mencionaba a Ana, no solo como compañera de vida, sino como inspiración.

Antonio recordaba siempre una frase que Ana solía decir:

—El amor no es solo un refugio, Antonio. Es una llama. Si la cuidamos, puede iluminar incluso los tiempos más oscuros.

El amor entre Antonio y Ana no fue simplemente un refugio; fue un fuego que ardió con intensidad en medio de las ruinas de sus vidas. Ambos, marcados por la guerra y el exilio, habían aprendido a contenerse, a proteger sus emociones tras muros invisibles, dejando al descubierto una pasión que no pudieron ni quisieron resistir.

Aquella noche, en el pequeño apartamento de Antonio en Toulouse, bajo la tenue luz de una lámpara vieja, el silencio entre ambos se llenó de una tensión palpable. Habían pasado horas conversando sobre el pasado, las pérdidas y los sueños rotos, pero el espacio entre ellos se había ido acortando con cada palabra.

—Ana, no sé si alguna vez encontraré las palabras para decir lo que siento por ti —dijo Antonio con una voz cargada de emoción.

Ana lo miró fijamente, sus ojos llenos de una mezcla de vulnerabilidad y determinación.

—A veces las palabras sobran.

En ese momento, Ana se inclinó hacia él y sus labios se encontraron en un beso profundo, cargado de todo el amor, el dolor y la esperanza que ambos llevaban dentro.

Fue un instante en el que las cicatrices del pasado parecieron desvanecerse, dejando solo la conexión entre dos almas que habían sobrevivido al infierno y ahora buscaban consuelo en el calor del otro.

En los días y semanas siguientes, sus momentos juntos se volvieron más intensos y profundos.

Antonio, mientras acariciaba su cabello, le susurraba:

—Eres mi estrella roja, Ana. La única que sigue brillando en esta oscuridad.

Ana, recostada sobre su pecho, respondía con una sonrisa traviesa:

—Y tú eres mi refugio, Antonio. Nunca pensé que podría sentirme así de viva otra vez.

El amor apasionado entre Antonio y Ana no solo era físico, era también una fuerza que les devolvía la esperanza y la vida. En cada caricia, en cada beso, en cada noche compartida, ambos encontraron un propósito renovado. Ana, que siempre había sido reservada, dejó que Antonio viera todas sus vulnerabilidades, mientras él aprendía a abrir su corazón de una manera que nunca antes había imaginado.

Una noche, tras amarse como si el mundo pudiera desmoronarse al amanecer, Ana le dijo:

—Antonio, prometo que, pase lo que pase, este amor será mi resistencia. Contigo no solo sobrevivo: vivo.

Antonio la abrazó con fuerza, incapaz de contener las lágrimas.

—Y yo prometo que, mientras viva, este amor será mi bandera.

Aunque los años pasaron, Antonio y Ana nunca perdieron esa chispa que los unió. Hasta el final de sus días recordaron aquellas noches bajo las estrellas y las promesas que se hicieron en el calor de su pasión. Para ellos, ese amor no solo fue un refugio, sino una revolución, una llama que nunca dejó de arder.

Habían logrado construir una vida juntos. Sin embargo, el destino, que ya les había robado tanto, aún tenía una última prueba para ellos.

Ana comenzó a enfermar de forma repentina. Al principio, era solo un cansancio que atribuían a los años y al esfuerzo constante de su vida en el exilio. Pero pronto, el cansancio se transformó en fiebre, en dolores persistentes, en una tos que parecía arrancarle el aliento. Los médicos en Toulouse dieron el diagnóstico: una enfermedad pulmonar avanzada, irreversible.

Antonio, al escuchar las palabras del médico, sintió cómo el mundo se desmoronaba bajo sus pies. Había sobrevivido a la guerra, al exilio, al hambre y al dolor, pero la idea de perder a Ana era un golpe que no sabía si podría resistir.

Ana, siempre fuerte, enfrentó su enfermedad con la misma determinación que la había caracterizado en los días de lucha.

—Antonio, no llores por mí —le decía, con la voz debilitada pero llena de ternura—. Hemos vivido más de lo que pensé que sería posible. Y contigo he tenido más amor del que podría haber soñado.

—No puedo perderte, Ana —respondía Antonio, tomando su mano entre las suyas, con los ojos llenos de lágrimas—. Eres mi vida.

Ana sonreía débilmente, acariciando su rostro.

—Y tú siempre serás mi luz.

La enfermedad avanzó rápidamente y el invierno llegó, trayendo consigo un frío que parecía instalarse en cada rincón del pequeño apartamento que compartían. Antonio se convirtió en el cuidador de Ana, atendiendo cada una de sus necesidades con una devoción absoluta. Pasaba las noches en vela, sentado a su lado, leyendo en voz alta sus libros favoritos o simplemente sosteniendo su mano.

Una tarde, mientras miraban juntos el crepúsculo desde la ventana, Ana le pidió algo.

—Antonio, prométeme que seguirás adelante cuando ya no esté. Que recordarás nuestra vida, pero no te hundirás en el dolor.

Antonio negó con la cabeza, incapaz de aceptar esa posibilidad.

—No puedo imaginar mi vida sin ti, Ana.

Ella lo miró con amor, con esa mirada que siempre había tenido el poder de calmar sus tormentas.

—Tú eres más fuerte de lo que crees. Sigue luchando, como siempre lo has hecho. Por mí.

Llegó el día en que Ana, agotada por la enfermedad, no pudo levantarse de la cama. Antonio se sentó a su lado, sosteniéndola entre sus brazos, como si pudiera protegerla de lo inevitable.

—Antonio… —susurró ella, con un hilo de voz—. Quiero que recuerdes algo. Nuestro amor… fue mi victoria.

—Y tú fuiste mi razón para seguir adelante —respondió él, con la voz rota por las lágrimas.

Ana, con un último esfuerzo, levantó una mano y acarició su rostro por última vez.

—Nunca olvides quién eres, Antonio. Ni de dónde venimos. Prométeme que contarás nuestra historia.

Antonio asintió, incapaz de hablar. Y entonces, con una última sonrisa que parecía contener toda la paz del mundo, Ana cerró los ojos y dejó escapar su último suspiro.

La muerte de Ana dejó un vacío imposible de llenar en la vida de Antonio. Había visto morir a sus amigos y ahora a su Estrella Roja. Durante semanas, el pequeño apartamento se sintió inmenso y silencioso, como si el mundo hubiera perdido todo su color. Sin embargo, Antonio recordó las palabras de Ana, su última promesa.

Con el pañuelo rojo de Ana en las manos, comenzó a escribir. Sus recuerdos, sus luchas, su amor… todo quedó plasmado en las páginas de un libro que tituló *La llama eterna*, en honor al amor que compartieron y a la lucha que ambos libraron.

Antonio vivió el resto de sus días honrando la memoria de Ana, compartiendo su historia con las generaciones más jóvenes, asegurándose de que nunca se olvidara el precio de la libertad ni el poder del amor. Aunque Ana ya no estaba físicamente, su presencia seguía viva en cada palabra, en cada recuerdo, en cada amanecer que Antonio contemplaba, recordando que, aunque el amor no podía detener el tiempo, podía hacerlo eterno.

9

El regreso

Décadas después, cuando Antonio ya tenía el cabello encanecido y los hombros cargados por el peso de una vida de lucha, decidió regresar a su pueblo natal, en Sevilla. El viaje estuvo cargado de emociones, mezclando la nostalgia de lo que dejó atrás con el temor a lo que encontraría.

Con una maleta vieja y el pañuelo rojo de Ana cuidadosamente guardado entre sus pertenencias, subió al tren que lo llevaría de vuelta. A través de la ventana observaba los paisajes cambiantes: los olivares, los campos abiertos y, finalmente, su tierra. Su mente viajaba a las calles polvorientas de su pueblo, al aroma del jazmín en primavera y a las risas de los niños jugando en la plaza. Pero también venían a él los gritos, las marchas militares y las despedidas que nunca volvieron a ser bienvenidas.

Al llegar, Antonio caminó por las calles que conocía de memoria. Las casas encaladas y las plazas seguían allí, pero el bullicio de su juventud había sido reemplazado por un silencio extraño, interrumpido solo por el sonido de sus pasos. Su primera parada fue la casa donde había crecido, ahora vacía y desvencijada.

—Aquí empezó todo… —susurró, tocando la puerta de madera desgastada.

Los recuerdos lo golpearon como una ola: las risas de su madre en la cocina, las discusiones apasionadas de su padre sobre política y la noche en que se despidió de su familia para unirse al frente republicano. Todo parecía tan cercano y, al mismo tiempo, inalcanzable.

Algunos ancianos que descansaban en la plaza reconocieron a Antonio. Uno de ellos, don Rafael, se levantó con dificultad y lo llamó:

—¡Antonio! ¿Eres tú?

Antonio se giró, sorprendido, y al ver al viejo maestro del pueblo, una sonrisa se dibujó en su rostro.

—Don Rafael… Aún sigue aquí. —El anciano asintió.

—Aquí seguimos, hijo. Los que pudimos quedarnos. Muchos no tuvieron tanta suerte.

Antonio pasó horas conversando con los pocos que lo recordaban, compartiendo historias del exilio y escuchando cómo el pueblo había sufrido y resistido durante los años oscuros de la dictadura. Sintió un nudo en la garganta al oír los nombres de los amigos que habían caído o desaparecido.

En los días siguientes, Antonio se dedicó a recorrer el pueblo, visitando los lugares que habían marcado su vida: la escuela donde aprendió a leer, el río donde jugaba de niño y el cementerio, donde encontró las tumbas de sus padres.

Se sentó frente a la lápida de su madre y dejó caer unas lágrimas que había contenido durante décadas.

—He vuelto, madre… He vuelto a casa —dijo en voz baja, colocando el pañuelo rojo de Ana sobre la tumba como un homenaje a ambas mujeres que habían marcado su vida.

Antonio decidió quedarse en el pueblo. Arregló la casa de sus padres y comenzó a escribir sus memorias.

Los jóvenes del pueblo, curiosos por el anciano que había regresado del exilio, comenzaron a visitarlo. Antonio les hablaba de la guerra, del exilio y de Ana. Recordó los días de trinchera junto a Julián y Lucas.

Una vez establecido, Antonio comprendió que, aunque el pueblo había cambiado y gran parte de su vida había quedado atrás, aún podía plantar semillas de verdad y justicia para el futuro. Su regreso no era un cierre personal, sino un recordatorio de que la lucha por la memoria nunca termina.

Decidió escribir a la familia de Lucas: necesitaba saber si habían recibido la carta que escribió sobre él y su muerte. Pasaron los meses y, una tarde, mientras organizaba su pequeña mesa, el cartero le entregó un sobre que había llegado para él. Era una carta simple, con la dirección escrita a mano y un remitente desconocido; el sobre, viejo, como si hubiera pasado años esperando a su destinatario. Antonio, curioso y a la vez ansioso, abrió el sobre.

Al leer las primeras líneas, su pecho se llenó de una mezcla de alivio y tristeza. Las palabras de Amalia y Pascual le llegaron como un bálsamo a una herida que nunca había cerrado. Cada frase parecía limpiar un poco la culpa y el peso que llevaba desde aquel día en la trinchera.

Cuando terminó de leer, se quedó inmóvil, sosteniendo la carta con cuidado, como si fuera un objeto sagrado. Sus ojos, húmedos, se fijaron en un punto vacío de la habitación. Sintió, por primera vez en mucho tiempo, que su acción —su carta— había tenido un propósito.

Esa noche, Antonio sacó su cuaderno y escribió en él:

Hoy recibí una carta que me hizo sentir algo que creía olvidado: esperanza.

Saber que Lucas sigue vivo en el corazón de sus padres me hace pensar que, tal vez, solo tal vez, no todo lo que vivimos fue en vano.

La guerra nos quitó tanto, pero no logró borrar todo lo bueno. Lucas, aunque joven y frágil, dejó una marca que, incluso ahora, sigue encendida.

Después de escribir, Antonio se dio cuenta de que no podía quedarse quieto. La carta de los padres de Lucas le dio un nuevo propósito: honrar a quienes no volvieron, preservar sus historias y asegurarse de que el mundo no los olvidara.

En las semanas siguientes, Antonio empezó a escribir con más constancia. Lo que comenzó como pequeñas entradas en su cuaderno se transformó en relatos completos. Escribió sobre Lucas, sobre Julián y Martina, pero, sobre todo, sobre Ana.

También escribió sobre compañeros que la guerra se llevó.

Un día decidió enviar sus escritos a un periódico local, con la esperanza de que alguien los leyera. Para su sorpresa, uno de los editores se interesó por sus historias y lo animó a publicarlas como una serie de relatos. Aunque al principio dudó, Antonio aceptó.

Los relatos, titulados *Los que se quedaron allí*, comenzaron a ganar atención. Fueron leídos por familias que también perdieron a alguien en la guerra, por personas que buscaban entender lo que ocurrió y por aquellos que querían recordar.

En cada relato, Antonio mencionaba a Lucas. Hablaba de su valentía, de su humanidad y de cómo había cambiado su vida. Cuando se publicó el primer libro recopilatorio de sus escritos, dedicó la obra a Lucas, Julián y Ana, pero también a todos los que no volvieron y dejaron su memoria.

La familia de Lucas recibió un ejemplar firmado, y Amalia lo colocó en un lugar especial en su casa, junto a la caja donde guardaba el pañuelo, el botón y demás pertenencias de su hijo.

Tiempo después, Antonio viajó al pueblo de Lucas. Buscó a su familia y la encontró todavía en el mismo lugar que le había indicado Lucas cuando contaba sus historias allí.

Ahora era Ana, la hija menor, la que cuidaba de Amalia; Pascual había fallecido tiempo atrás.

—Ustedes nunca salieron de mi mente —les dijo Antonio al entregarles un cuaderno encuadernado a mano—. Aquí está todo lo que escribí sobre Lucas y lo que él significó para nosotros.

Amalia, aunque frágil, sonrió con lágrimas en los ojos.

—Gracias, Antonio. Por no dejarlo morir en el olvido.

La carta de Amalia y Pascual no solo reconfortó a Antonio; encontró en sus palabras una forma de sanar, de conectar y de mantener viva la memoria de quienes sacrificaron todo.

10

La búsqueda

Antonio despertaba cada noche sobresaltado, sudoroso, atrapado en un bucle de recuerdos que no le permitían escapar.

Aunque ahora estaba lejos de la guerra, las imágenes de Lucas cayendo, de Julián bromeando para ocultar el miedo y de Martina limpiando sangre en un puesto improvisado seguían apareciendo en su mente como un eco constante. Había dejado atrás las trincheras, pero las trincheras nunca lo dejaron a él.

A menudo paseaba por el río cerca de su pueblo, buscando en el aire fresco algo que lo anclara al presente. Pero incluso allí, en medio del campo, veía rostros que le recordaban a sus camaradas caídos. Era una existencia solitaria, entre el pasado y el presente, y el único refugio que tenía eran sus relatos.

Antonio estaba sentado en su casa, rodeado de sus recuerdos, los recuerdos de su vida, fotos antiguas, libros y, sobre todo, el pañuelo rojo de Ana. No se separaba de él nunca; para él significaba tener una parte de ella en sus manos. El crepitar del fuego en la chimenea llenaba el silencio de la habitación. La tarde avanzaba cuando escuchó un golpe en la puerta.

Se levantó y, al abrir, la sorpresa lo golpeó como una ráfaga de viento. Ante él, con una sonrisa tímida y los ojos llenos de emoción, estaba Luis, su hermano menor.

—¡Luis…! ¿Eres tú? —murmuró Antonio, como si no pudiera creerlo.

Luis asintió, su expresión una mezcla de cansancio y alegría.

—Sí, Antonio. He vuelto. Por fin estoy en casa.

Sin poder contenerse, Antonio lo abrazó con fuerza. Habían pasado décadas desde la última vez que se vieron, en medio del caos de la guerra.

Luis había partido al exilio en México, y Antonio había temido que hubiera muerto en la guerra. Ambos entraron en la casa.

Antonio sirvió un vino humilde mientras Luis se acomodaba; sus ojos exploraban el hogar donde se crio. El lugar parecía congelado en el tiempo.

—Cuéntame, Luis —dijo Antonio, aún incrédulo—. ¿Cómo has vivido todos estos años?

Luis sonrió con melancolía.

—Cuando la guerra avanzaba, huimos del pueblo por miedo a las represalias y tuve la suerte de poder coger un barco hacia el exilio en México. Allí encontré paz y una vida nueva. Me casé, tengo hijo. Pero siempre pensé en ti, en nuestra familia, en nuestra casa, en todo lo que dejamos atrás. Y ahora que por fin terminó la dictadura, supe que debía volver, para ver si aún quedaba alguien de mi familia a quien poder abrazar.

Antonio escuchaba con atención, sintiendo una mezcla de felicidad y tristeza. Empezó a contarle cómo tuvo que exiliarse en Francia, los malos momentos vividos y los buenos. Le dijo que allí conoció a Ana; lo que empezó como una admiración de lucha terminó siendo la mujer que le robó el corazón. Pero la mala suerte, o el destino una vez más, quiso llevársela antes de tiempo.

Luis asintió, sus ojos humedecidos.

—Pero no nos quitó todo, Antonio. Seguimos aquí. Seguimos siendo testigos y portadores de la memoria de los que no pudieron regresar.

—Nunca perdí la esperanza de verte otra vez. Aunque confieso que la duda en mi soledad era abrumadora.

Esa noche, los dos hermanos hablaron hasta el amanecer. Compartieron recuerdos, rieron, lloraron y reconstruyeron los lazos que la guerra y el tiempo habían intentado romper. El regreso de Luis no solo trajo consuelo a Antonio, sino que reafirmó su propósito de mantener viva la memoria de los que lucharon, amaron y perdieron, pero nunca se rindieron.

Mientras la noche avanzaba y las llamas de la chimenea arrojaban sombras cálidas en la pequeña sala, Antonio y Luis, con una botella de vino ya medio vacía entre ellos, comenzaron a hablar de Juan, el hermano que nunca regresó del frente de Brunete.

Antonio fue el primero en romper el silencio que rodeaba su memoria. Con la mirada fija en el pañuelo rojo de Ana sobre la mesa, suspiró profundamente antes de hablar.

—¿Recuerdas cómo Juan siempre cantaba, incluso en los días más oscuros? Decía que la música era su forma de espantar el miedo… Y lo hacía, Luis, nos daba fuerza a todos.

Luis asintió con los ojos vidriosos.

—No he podido olvidar su risa, Antonio. Incluso en las cartas que nos enviaba desde el frente, siempre intentaba animarnos. Decía que algún día, cuando todo terminara, nos reuniríamos de nuevo y cantaríamos juntos en casa.

Antonio apretó los labios, tratando de contener la emoción.

—¡Pero nunca volvió! En Brunete lo perdimos. A veces pienso que si hubiera estado allí… si hubiera hecho algo diferente… —Su voz se quebró, y un pesado silencio se instaló entre ellos.

Luis colocó una mano firme sobre el hombro de su hermano.

—No fue tu culpa, Antonio. Ninguno de nosotros pudo evitarlo. Juan sabía a lo que se enfrentaba, pero nunca dejó que el miedo lo dominara. Murió luchando por lo que creía, y por nosotros. Ese sacrificio… no lo podemos olvidar.

Antonio asintió lentamente, sus ojos humedecidos.

—Es por eso que me quedé aquí, Luis. Porque esta tierra, nuestra tierra, es también la de Juan. Él dio todo por ella, y siento que mi deber es mantener viva su memoria.

Luis se inclinó hacia la mesa, sacando un pequeño objeto de su bolsillo.

—Cuando hui a México, llevé conmigo esto.

Desplegó un trozo de papel amarillento y desgastado; era una de las últimas cartas que Juan había escrito desde el frente, antes del avance de los rebeldes.

La letra, aunque algo diluida, seguía siendo reconocible. Antonio tomó la carta con las manos temblorosas y comenzó a leer en voz alta.

> *Queridos padres y hermanos:*
>
> *Aquí, en el frente, la vida es dura, pero pienso en ustedes cada día. No sé cuánto tiempo más resistiremos, pero quiero que sepan que estoy aquí porque creo en lo que hacemos. Si no regreso, cuiden nuestra tierra y nunca dejen que nuestra lucha se olvide. Por favor, sigan cantando nuestras canciones y recuerden que siempre estuve orgulloso de ser vuestro hijo y hermano.*
>
> *Con amor,*
>
> *Juan*

La voz de Antonio se quebró nuevamente al terminar de leer, y tanto él como Luis permanecieron en silencio, dejando que las palabras de Juan llenaran la habitación. Esa noche prometieron que, mientras vivieran, la memoria de su hermano seguiría viva, no solo en sus corazones, sino también en las historias que contarían a las generaciones futuras.

Pasaron los días; Antonio y Luis no pararon de contar sus vivencias, recorrieron los lugares que disfrutaron cuando eran pequeños y recordaron a sus padres. Luis tuvo que regresar a México; se llevó consigo el libro de Antonio como un tesoro. Antonio sintió pena, pues reencontrarse con su hermano había sido muy importante para él. Luis prometió volver pronto.

Fue una noche especialmente silenciosa cuando decidió volver a escribir sobre Martina.

Martina era la única persona que hacía que el infierno pareciera un poco menos ardiente. Tenía una habilidad especial para calmar el caos, no con palabras, sino con actos simples. A menudo la encontrábamos cosiendo uniformes rotos mientras su rostro reflejaba una serenidad que solo podía venir de alguien que había aprendido a cargar con su propio dolor sin desmoronarse.

La recuerdo inclinándose sobre un soldado herido, sus manos firmes, mientras le prometía que estaría bien, aunque ambos sabían que no lo estaría. Era una mentirosa excepcional, pero no por maldad, sino porque entendía que la esperanza, aunque fuera una ilusión, podía ser más poderosa que cualquier verdad.

Mientras escribía, Antonio se detuvo. Habían pasado muchos años desde la última vez que pensó en ella, y con el recuerdo vino una punzada de culpa. Martina había sido su roca durante la guerra, pero tras la última gran batalla la perdió de vista.

¿Habría sobrevivido a la guerra? ¿Habría encontrado su propio camino en medio de las ruinas?

Antonio cerró el cuaderno con un suspiro y decidió que era hora de buscar respuestas.

Sevilla estaba llena de refugiados que habían vuelto del exilio, supervivientes que huyeron de la guerra y las represalias, personas que habían dejado todo atrás para reconstruir sus vidas en un mundo roto.

Antonio miró en su cuaderno; allí estaba apuntado el nombre del pueblo de Martina, en la sierra de Madrid. Sería el primer lugar donde volvería, si había sobrevivido a la guerra.

Viajó al pueblo. Una vez allí, empezó la búsqueda, que, aunque no fácil, no sería imposible. Preguntaba a los habitantes de la población y la describía:

—Es una mujer fuerte, de cabello oscuro y mirada dura, pero amable. Trabajaba como enfermera.

La mayoría negaban con la cabeza; esto hizo dudar a Antonio de que hubiera vuelto a su pueblo. Pero pensaba que una enfermera como ella, si había sobrevivido, sería útil en cualquier hospital. Decidió seguir buscándola, impulsado por una mezcla de lealtad y necesidad de cerrar un capítulo de su vida.

Finalmente, la casualidad hizo que un médico le escuchara y le dijo:

—Creo que la mujer que busca trabajaba como partera en los pueblos del sur, cerca de Madrid. Su nombre es Martina, si mal no recuerdo; puede que sea ella. Creo que vive en una casa rural a las afueras del pueblo.

Antonio se llenó de esperanza y fue al sitio que le indicó el médico. Al llegar, se encontró con un lugar pequeño y tranquilo, rodeado de montañas y campos de almendros. Allí, en una casa modesta y con un jardín descuidado, encontró a Martina.

Había cambiado. Su cabello estaba más canoso y llevaba un pañuelo para cubrirlo. Su piel, antes curtida por el sol y el polvo de la guerra, mostraba las marcas de los años difíciles. Sin embargo, su mirada seguía siendo firme, con esa chispa que tanto admiraba.

Martina lo miró desde la puerta, sorprendida al principio, pero luego sonrió ligeramente.

—Antonio… Pensé que habías muerto. —Él rio, aunque su voz tembló.

—Y yo pensé que nunca te volvería a ver.

Se abrazaron, un gesto torpe al principio, como si temieran romperse, pero pronto se dejaron llevar por la familiaridad de un vínculo forjado en el caos.

Martina lo invitó a pasar, y durante horas hablaron de lo que había sido de sus vidas. Antonio le contó sobre Lucas y la carta de sus padres, y Martina escuchó en silencio, sus ojos llenos de emociones que no dejaban salir.

—Siempre supe que Lucas tenía algo especial —dijo finalmente Martina—. En el frente se podía ver quién estaba allí solo para sobrevivir y quién quería marcar la diferencia. Él estaba en el segundo grupo, aunque era solo un niño.

Antonio asintió.

—Me cambió la vida, Martina. A veces pienso que su sacrificio me dio un propósito que no tenía antes.

Ella lo miró fijamente, como si evaluara sus palabras.

—Tal vez lo hizo. Pero no puedes cargar con todos nosotros, Antonio. Ni con Lucas, ni conmigo, ni con Julián. Nosotros tomamos nuestras decisiones. Tú debes aprender a vivir con las tuyas.

Antonio sabía que tenía razón, pero esas palabras no eran fáciles de aceptar.

Antes de partir, Antonio y Martina caminaron por los campos cercanos. No necesitaron decir mucho más; el silencio entre ellos estaba lleno de entendimiento. Antes de despedirse, Antonio le dio un ejemplar de su libro y le habló de Ana, una luchadora de la que se enamoró, pero que la mala suerte se la arrebató. Ella era parte de la memoria.

—Aquí está tu historia y la nuestra —dijo, ofreciéndoselo.

Martina lo tomó con las manos cuidadosas, pero no lo abrió. En cambio, lo sostuvo contra su pecho y asintió.

Antonio sonrió, sintiendo que, aunque el dolor nunca desaparecería del todo, había algo más fuerte: el recuerdo de quienes lo hicieron humano en medio del horror.

Antonio nunca supo qué pasó con Julián después de la última ofensiva en las calles del pueblo, tras verlo caer en la explosión. A diferencia de Lucas, cuyo destino era claro, Antonio quedó envuelto en una incógnita que nunca se atrevió a resolver… hasta ahora.

Tras su encuentro con Martina, Antonio sintió una necesidad renovada de buscar a su amigo Julián. Sabía que las respuestas podrían ser dolorosas, pero algo en su interior le decía que debía encontrarlas.

Antonio comenzó indagando en los registros de veteranos. Fue un proceso arduo; muchos nombres habían desaparecido junto con las vidas que representaban, y otros se habían ocultado, temerosos de represalias en un país dividido.

Sin embargo, en una lista de refugiados de Barcelona, encontró un nombre que coincidía: Julián Ibáñez.

Junto al nombre había una dirección que también coincidía con el pueblo de Julián. Sin dudarlo, viajó a su pueblo; tenía la esperanza de encontrarlo allí.

Cuando llegó, llamó a la puerta y alguien contestó. Encontró a un hombre sentado en un rincón, tallando un pequeño trozo de madera. Su cabello estaba gris y desaliñado, y su figura, antes robusta, ahora era más delgada, casi frágil.

Antonio lo reconoció al instante.

—Julián…

El hombre levantó la mirada y, aunque su expresión era cautelosa, algo en sus ojos lo traicionó.

—Antonio… Pensé que nunca volvería a verte.

Al reencontrarse inesperadamente, Antonio y Julián experimentaron alegría y alivio.

La sorpresa inicial dio paso a una profunda emoción, reflejada en los ojos humedecidos de los dos amigos. Este encuentro simbolizaba la resiliencia y la esperanza que ambos habían mantenido a pesar de las adversidades.

La presencia de Julián, vivo y a salvo, renovó en Antonio la determinación de preservar la memoria de su lucha compartida y de honrar a quienes no tuvieron la misma fortuna.

Se abrazaron con fuerza, un gesto que llevaba consigo años de ausencia y palabras no dichas. Antonio notó que las manos de Julián temblaban y que había una leve rigidez en su caminar.

Se sentaron en una mesa improvisada.

—¿Qué te pasó? —preguntó Antonio.

Julián sonrió amargamente.

—En la explosión quedé herido, pero no de gravedad, con escombros encima. Sobreviví de milagro, pero nunca volví a ser el mismo. Aún sigue la metralla en mi pierna.

Antonio escuchó en silencio mientras Julián continuaba.

—Después de eso fui hecho prisionero. Pasé meses en un campo de concentración. Cuando finalmente pude salir, gracias a la metralla de la pierna, al no poder trabajar, me vine aquí, a desaparecer en las sombras.

A medida que hablaban, Antonio se dio cuenta de que las heridas de Julián no eran solo físicas. Había algo en su mirada, en la forma en que evitaba hablar del pasado, que revelaba un peso más profundo.

—¿Y tú? —preguntó Julián, desviando la atención de sí mismo—. ¿Cómo lograste salir adelante?

—Estuve en Francia. Cuando el frente se acercaba a Barcelona, ya casi recuperado de mis heridas, todos huimos camino de la frontera. Aunque fue duro, conseguí establecerme y vivir con un poco de dignidad a pesar de todo. Allí conocí a Ana, una guerrillera que también luchó por los ideales que creíamos justos. Nos enamoramos, pero ella murió años después a causa de una enfermedad.

Antonio y Julián se quedaron en silencio. Los recuerdos de las conversaciones en las trincheras sobre si estaban haciendo lo correcto parecían resonar en sus cabezas.

Antonio rompió el silencio. Le habló de Lucas, de la carta de sus padres y de cómo eso le dio un propósito para escribir. También le contó que Martina estaba viviendo en su pueblo, que la había estado visitando y que fue un encuentro especial. Le mostró un ejemplar de su libro, que Julián tomó con cuidado.

—Nunca pensé que harías algo así, Antonio. Siempre fuiste un negado para escribir.

Antonio rio suavemente.

—¿Recuerdas la hoja que me diste para que escribiera? Pues eso me abrió la cabeza, anotando, escribiendo. Ya el cuaderno de Martina hizo que cambiara totalmente.

—Todavía conservo ese cuaderno con todas las cartas y frases escritas, ¿sabes? Lo tienes en tus manos.

Julián asintió, pero no dijo nada más. Sus ojos se posaron en el libro, pero no lo abrió. Antonio sabía que, aunque Julián estaba vivo, una parte de él seguía atrapada en las trincheras.

11

Las sombras

Durante los días que Antonio pasó en el pueblo de Julián, intentó convencerlo de salir de la casa donde vivía e intentar construir una nueva vida. Al principio, Julián se resistió, alegando que ya era demasiado tarde para él.

—No estoy hecho para este mundo, Antonio. Todo lo que tenía lo dejé en esa guerra.

—No, Julián —respondió Antonio con firmeza—. Todo lo que teníamos lo llevamos con nosotros. ¡Está aquí! —Señaló su corazón—. Y si seguimos respirando podemos intentar algo más.

Finalmente, Julián accedió a acompañarlo a caminar por el lugar. Durante esos paseos, Antonio notó pequeños cambios: una ligera relajación en los hombros de Julián, una sonrisa tímida cuando pasaban por un mercado lleno de vida.

Antes de partir, Antonio le dejó algo más que su libro, un cuaderno vacío.

—Escribe, Julián. No importa si son recuerdos, pensamientos o simples palabras. Pero escribe. Ayuda más de lo que crees.

Julián aceptó el cuaderno, aunque no prometió usarlo.

Cuando Antonio se despidió, sintió una mezcla de alivio y tristeza. Había encontrado a su amigo, pero sabía que no podía salvarlo; eso dependía de él.

De camino a casa, Antonio escribió en su cuaderno:

Julián sigue luchando su propia guerra, una que no tiene trinche-
ras ni balas, pero que es igual de feroz. No sé si ganará, pero al menos
ahora sabe que no está solo. Eso, quizá, es lo único que puedo darle.

Antonio regresó a su pueblo con una sensación extraña, una mezcla de alivio por haber encontrado a Julián y una profunda inquietud por el estado en que lo había dejado. Sabía que la guerra había dejado cicatrices visibles en muchos, pero las de Julián eran invisibles, más difíciles de curar.

Aunque intentó sumergirse en su trabajo como escritor, Antonio no podía dejar de pensar en su amigo. ¿Volvería a abrirse Julián al mundo? ¿Habría encontrado alguna luz en la oscuridad que parecía consumirlo? Decidió seguir escribiendo, esta vez para Julián.

Antonio empezó a enviar cartas a Julián, alentándolo a escribir en el cuaderno que le había dejado. Las cartas eran personales, a veces crudas y otras llenas de los recuerdos compartidos en las trincheras.

Julián, ¿recuerdas aquella vez que Lucas nos hizo reír a carca-
jadas con su idea de abrir una taberna en medio del frente? Juraba
que la llamaría El Trincherazo.

El reencuentro con Julián no es una simple reunión entre camaradas, sino un encuentro con el hombre quebrado que la guerra dejó atrás.

Pasado un tiempo, y al dejar de recibir cartas de Julián, decide hacerle otra visita. Esta vez ve a Julián tallando un trozo de madera con una concentración casi obsesiva.

—¿Qué estás haciendo? —pregunta Antonio.

—Nada importante. Solo algo para ocupar las manos —le dijo Julián.

Antonio se acerca y ve que Julián está tallando una figura diminuta: un soldado con un fusil en el hombro. El detalle es sorprendente, pero también perturbador.

—¿Es Lucas? —pregunta Antonio.

Julián detiene su trabajo, sus dedos tensos alrededor de la madera.

—No lo sé. Tal vez. A veces no puedo recordar sus caras con claridad, solo fragmentos.

Antonio siente un nudo en el estómago. Aunque Julián intenta actuar como si fuera indiferente, está claro que la guerra aún lo consume.

A la mañana siguiente, mientras toman café en un pequeño bar, Julián finalmente se abre un poco más.

—¿Sabes qué es lo peor? —dice de repente, rompiendo el silencio.

—¿Qué?

—Que no siento nada. Ni dolor, ni alegría, ni rabia. Nada. Es como si todo lo que me hacía humano se hubiera quedado en esas trincheras.

Antonio lo mira, sorprendido por la brutal honestidad.

—Julián, estás vivo. Eso significa algo.

—¿Para quién? —replica Julián con un tono amargo.

—La gente sigue adelante, pero yo me quedé atrapado. Todos los días siento que sigo en esa maldita guerra.

Antonio se queda en silencio por un momento, buscando las palabras adecuadas. Finalmente dice:

—No tienes que volver a ser quien eras antes de la guerra. Pero puedes ser alguien nuevo. No estás solo, Julián.

Esa tarde, Antonio convence a Julián de acompañarlo a la playa; les vendría bien un viaje a la costa, un lugar que solía ser el refugio de Antonio en el exilio en Francia. Observaba la cojera de Julián andando en la arena; esta le hacía andar lento. Allí, sentados frente al mar, Julián parece relajarse un poco, dejando que la brisa le despeine el cabello gris.

—¿Sabes? —dice Julián—. A veces pienso que si hubiera muerto en aquella explosión, todo sería más fácil.

—Y yo pienso que si hubieras muerto, el mundo sería más oscuro sin ti —responde Antonio con seriedad—. Tú eres parte de la historia, Julián, de nuestra historia.

Julián no responde, pero Antonio nota que sus manos, que siempre están temblando, se quedan quietas por un momento.

Este viaje parece un punto de inflexión en Julián.

Antes de despedirse, Antonio le recuerda que escriba en el cuaderno que le dio.

—Escribe, Julián. Vacía tus pensamientos, tus recuerdos, te ayudará.

—¿Y si no tengo nada que escribir?

—Entonces dibuja, talla. Haz lo que sea. Pero haz algo con lo que llevas dentro.

Cuando Antonio regresa, no sabe si volverá a ver a Julián, pero siente que dejó una pequeña chispa, algo que podría encender si Julián lo permitía.

Semanas después, Antonio recibe una carta. Es de Julián. Dentro no hay palabras, sino un pequeño dibujo: una trinchera con dos figuras sentadas bajo las estrellas. En la parte inferior, una nota breve:

A veces escribo. Otras veces dibujo. Gracias por recordarme cómo empezar.

Antonio sonríe, sabiendo que Julián, aunque lentamente, está comenzando a encontrar su camino de regreso al mundo.

12

Ecos en el papel

La carta de Julián llega en un sobre desgastado, con un sello apenas legible y un trazo tembloroso en la dirección.

Esa noche, sentado junto a su escritorio con una copa de vino a medio terminar, Antonio contempla la nota adjunta. Las palabras eran simples, pero para él significaban algo más: era un hilo del que tirar, un camino para comenzar a desenredar el caos dentro de sí.

La carta despertó algo más en Antonio. Había pasado tanto tiempo obsesionado con dar voz a las historias de sus camaradas que apenas había mirado la suya propia. La guerra no solo le había dejado cicatrices a Julián; Antonio también cargaba con su propia culpa, sus propios demonios.

Esa noche abrió su cuaderno y escribió:

> *Llegó una carta de Julián. No es larga, pero es un eco de todo lo que dejamos atrás. Me pregunto si este eco puede resonar en algo más grande, algo que nos conecte no solo a nosotros, sino a los que también perdieron sus voces en las trincheras. Tal vez no estamos tan rotos como pensamos. Tal vez aún podemos reconstruirnos, aunque sea a trozos.*

Impulsado por las cartas, Antonio decide embarcarse en un nuevo proyecto: recopilar las historias de quienes vivieron la guerra, tanto en el frente como fuera de él. Su intención no es solo contar su verdad, sino también honrar a los que pudieron hacerlo por sí mismos.

Antonio le escribe una carta a Julián para contarle sobre el proyecto y sobre el reencuentro con la familia de Lucas.

Su hermana Amparo le hizo una visita a Antonio, pues él les había escrito contándoles la recopilación de cartas, recuerdos, fotografías, etc.

Amparo le entregó una caja de pertenencias de Lucas: un cuaderno con dibujos, una medalla rota y una carta que nunca llegó a enviar.

—Siempre supe que Lucas te admiraba, Antonio —dice Amparo con una sonrisa triste—. En sus dibujos siempre estabas con él. Empieza con sus pertenencias en el proyecto.

Antonio se queda sin palabras, sosteniendo el cuaderno con cuidado, como si fuera un fragmento de Lucas que de algún modo había sobrevivido.

En la carta de Antonio a Julián decía:

Encontré algo tuyo en el cuaderno de Lucas. Te dibujó una vez, tocando la armónica. Dijo que tu música era lo único que hacía que las noches en el frente fueran soportables. Tal vez, Julián, deberíamos pensar en cómo nuestras pequeñas acciones dejaron huella en los demás, incluso cuando no lo sabíamos.

Unas semanas después, Antonio recibe otra carta de Julián, esta vez más larga:

Antonio, me hiciste recordar algo que había olvidado: tocar la armónica. La encontré hace unos días en una vieja caja, y aunque apenas recordaba cómo, sentí algo. Quizá, solo quizá, aún queda algo por reconstruir.

En los meses siguientes, Julián empieza a enviar dibujos con más frecuencia. Algunos son paisajes: el mar, la montaña, una ciudad bulliciosa. Otros son retratos de los compañeros que compartieron la trinchera con ellos. Cada trazo parece una pieza del rompecabezas que Julián intenta armar.

En una carta, Antonio le propone unirse al proyecto.

—Quiero que tus dibujos estén en el libro, Julián. Tu perspectiva es única. Nadie más puede darles vida como tú haces.

Al principio, Julián duda, pero poco a poco se siente más seguro. Empieza a enviar bocetos más elaborados, incluyendo uno de Lucas tocando la guitarra en una noche tranquila.

Julián convierte el lugar donde vive en un pequeño taller. El lugar está lleno de dibujos y figuras talladas en madera, una evidencia tangible de la evolución de Julián.

Esa noche toca la armónica. La melodía es sencilla, pero está llena de vida, como si el Julián que Antonio recordaba hubiera vuelto, aunque transformado. El eco de la guerra sigue presente, pero ya no es un grito desesperado. Ahora es un murmullo que puede ser escuchado, atendido y, quizás, superado.

En su cuaderno escribe:

Julián está encontrando su camino, y en su viaje me ha recordado que todos llevamos cicatrices, pero también tenemos la capacidad de sanarlas. No estamos solos; nunca lo estuvimos. Incluso en los momentos más oscuros, nuestras historias nos conectan, y en ellas encontramos la luz.

En una pequeña taberna de Sevilla, Antonio había organizado un encuentro con antiguos camaradas del frente como parte de su proyecto para recopilar historias de guerra.

Entre los asistentes, además de Julián, estaban Eugenio, un exmédico militar que ahora trabaja como carpintero, y Ramiro, un tirador que había perdido la vista en la batalla.

La conversación, al principio ligera, pronto derivó en los recuerdos de la última gran ofensiva en la que todos estuvieron juntos.

Fue entonces cuando Julián, que hasta ahora había permanecido en silencio, habló con una intensidad que sorprendió a todos.

—Esa noche en la trinchera, Lucas no tenía que haber salido de ella —dijo mirando a Antonio—. Esa idea de salir y cruzar las líneas, esas malditas líneas.

El silencio cayó sobre la mesa. Antonio sintió cómo el peso de las palabras de Julián perforaba una vieja herida.

Ramiro, que había estado escuchando en silencio, intervino.

—Todos tomamos decisiones esa noche, Julián. No fue solo Lucas. No fue culpa de nadie.

—¿De verdad crees eso? —replicó Julián—. Porque yo todavía escucho los gritos. Veo el fuego y, sobre todo, veo a Lucas cayendo.

Esa noche Antonio no pudo dormir. Las imágenes de aquella noche volvieron con claridad insoportable. Escribió estas palabras en su cuaderno:

> *Los gritos de Lucas de «¡No me dejéis atrás!», el rescatarlo ante el fuego del enemigo, fueron un acto de valentía, pero también de amor. A veces pienso que Julián no solo perdió a un amigo esa noche, sino también a una parte de sí mismo.*

El siguiente dibujo de Julián que llega a las manos de Antonio no es una trinchera ni un soldado. Es una taberna. En el cartel se lee claramente: «El Trincherazo».

Las conversaciones de Antonio y Julián habían permitido que ambos dejaran de cargar en silencio con el peso de sus recuerdos. Decidieron que, en honor a Lucas y a los demás caídos, su historia no podía quedarse en el olvido. Era hora de darle un propósito a tanto sufrimiento.

A Antonio, la visión de Julián le conmueve. La taberna, aunque ficticia, representa algo más que un simple sueño truncado: es un símbolo de esperanza, de lo que ellos habían imaginado construir en medio del caos.

Antonio lo coloca en la primera página de su cuaderno, como portada provisional de lo que pronto será un libro. Se lo muestra a los veteranos que ha estado entrevistando, incluido Ramiro, quien, al palpar el dibujo con sus manos ciegas, esboza una sonrisa.

—Lucas estaría orgulloso de ustedes —dice Ramiro—. Él siempre hablaba de convertir los horrores de la guerra en algo que valiera la pena recordar.

Con ese impulso, Antonio empieza a estructurar el libro: una mezcla de relatos, dibujos y memorias de los soldados que compartieron las trincheras. Cada capítulo se convierte en un testimonio no solo del dolor de la guerra, sino también de la humanidad que sobrevivió a ella.

Mientras Antonio sigue entrevistando a veteranos de la guerra, Julián sigue enviándole dibujos y, poco a poco, fragmentos de texto. Al principio son frases sueltas, pero con el tiempo se transforman en recuerdos más elaborados:

Lucas no solo era el alma de la trinchera, era nuestra conexión con el mundo que habíamos dejado atrás. En cada historia que contaba, en cada canción que tocaba, nos recordaba que aún éramos humanos, aunque el barro y la sangre nos intentaran convencer de lo contrario.

Por primera vez en años, Julián empieza a escribir sobre lo que siente. Su cuaderno, que había permanecido vacío durante tanto tiempo, ahora está lleno de bocetos, palabras y reflexiones. Aunque el proceso es doloroso, también le da un sentido de propósito.

En una carta, Julián le confiesa a Antonio:

Pensé que nunca podría volver a sentir algo más allá de la culpa y el vacío. Pero al dibujar y escribir, siento que estoy reconstruyendo lo que la guerra destruyó. No solo a mí, sino a todos nosotros.

13

El legado compartido

Un año después, Antonio organiza una lectura pública del borrador del libro en una pequeña biblioteca de su pueblo. Invita a los veteranos que colaboraron, a las familias de los caídos y, por supuesto, a Julián.

La sala está llena de rostros expectantes. Antonio lee fragmentos del libro, incluyendo una de las descripciones de Julián sobre Lucas. La tensión en la sala es palpable; algunos lloran, otros sonríen al recordar los momentos de humanidad en medio de la tragedia.

Cuando Antonio termina, el público aplaude, pero la verdadera sorpresa llega cuando Julián, tímidamente, se pone en pie.

—No soy bueno con las palabras como Antonio —dice, con la voz quebrada—, pero quiero agradecerles por estar aquí.

Esto… esto no es solo nuestra historia. Es la de todos los que sobrevivieron y de los que no lo hicieron. Espero que este libro les haga justicia.

El aplauso que sigue es aún más intenso. Antonio se acerca y le pone una mano en el hombro.

—Lo lograste, Julián.

Con el tiempo, el libro, titulado *El trincherazo. Historias de vida y muerte en el frente*, se convierte en un símbolo de memoria y reconciliación. Incluye los dibujos de Julián, fragmentos de las cartas de Lucas y testimonios de los compañeros. Su impacto trasciende a los veteranos, llegando a jóvenes que no vivieron la guerra, pero que encuentran en sus páginas un recordatorio de la importancia de la paz.

En la última página del libro, Antonio incluye un epílogo escrito por Julián:

En el barro de las trincheras perdimos mucho más que batallas. Perdimos amigos, esperanzas y una parte de nosotros mismos. Pero también descubrimos algo: que incluso en los peores momentos hay un vínculo que no puede romperse. Este libro es nuestra forma de recordarlo, de honrar no solo a los que se fueron, sino también a los que seguimos aquí, tratando de encontrar sentido en el caos.

Cuando el libro se publica, Antonio y Julián visitan juntos la tumba de Lucas. Dejan una copia en su lápida, junto con una pequeña figura de madera que Julián había tallado: un soldado tocando la guitarra, con una sonrisa en el rostro.

—Esto es para ti, amigo —dice Julián, su voz temblando pero firme—. Gracias por recordarnos cómo vivir.

Antonio pone una mano en el hombro de Julián, y ambos se quedan en silencio, dejando que el viento lleve sus palabras hacia el horizonte.

El libro *El trincherazo* llega a las librerías en un momento en el que España aún intenta recomponerse de las heridas de la guerra. La obra, a pesar de su tono crítico y profundamente humano, logra captar la atención de veteranos, familias de los caídos e incluso de jóvenes que solo han oído hablar del conflicto en susurros.

Ramiro, el extirador ciego que había colaborado en el proyecto, recibe un ejemplar firmado por Antonio y Julián. Al pasar las páginas con la ayuda de su hija, siente que revive las noches en la trinchera.

—Es como revivir esos momentos, tener a Lucas y a los demás camaradas aquí conmigo —murmura, acariciando el relieve de las ilustraciones que Julián había creado.

En una carta que envía a Antonio, Ramiro escribe:

Gracias por darme algo que pensé que había perdido: la memoria de lo que éramos, y no solo de lo que sufrimos. Este libro no es solo un recuerdo, sino también un consuelo.

Por otro lado, Amparo, la hermana de Lucas, llora al leer el capítulo dedicado a su hermano. En cada palabra encuentra pedazos de Lucas que ella recordaba: valiente, optimista y siempre dispuesto a proteger a los demás. Al terminar de leer, decide visitar la tumba de su hermano, donde encuentra la figura de madera que Julián había dejado.

—Nunca te olvidaron, Lucas —dice en voz baja, sosteniendo el libro contra su pecho.

El libro, poco a poco, se transforma en el consuelo de muchos familiares que habían perdido a sus seres queridos. Empezó a tener mucha popularidad.

Antonio recibe varias cartas de familias que habían perdido a sus hijos, hermanos o padres en el conflicto. Algunas son de agradecimiento; otras, cargadas de emociones más complejas.

Una mujer llamada Carmen, madre de un joven que luchó en el mismo frente, le escribe:

Por años, solo pensé en mi hijo como una víctima. Pero su libro me mostró que también fue un héroe. Gracias por devolverme ese recuerdo.

Sin embargo, no todas las reacciones son positivas. Algunos critican el libro por revivir viejas heridas o por mostrar el lado humano de los enemigos en el conflicto. Una carta anónima acusa a Antonio de traidor por no demonizar al bando contrario.

En una escuela de Valencia, el libro comienza a ser utilizado como material de lectura. María, una joven de dieciséis años, queda profundamente impactada por las historias.

—Nunca había entendido realmente lo que mis abuelos pasaron —dice a su maestro—. Pero este libro me hizo sentirlo como si estuviera ahí.

El maestro decide invitar a Antonio y a Julián a hablar con los estudiantes.

Durante la charla, Julián, aunque nervioso, comparte su experiencia de cómo el arte lo ayudó a procesar el trauma.

—Dibujar y escribir no curaron mis heridas, pero me ayudaron a entenderlas —les dice—. Yo fui profesor antes de la guerra, y mis convicciones me llevaron al frente. La lucha, mis dudas y mis heridas hicieron que no volviera a ser el mismo. Por eso, relatar y dibujar en este libro ha hecho que mi vida vuelva a ser, en parte, la que era antes de la guerra.

Tal vez eso también pueda ayudarlos a ustedes con las batallas que enfrentan en sus propias vidas.

Los estudiantes, conmovidos, hacen preguntas y comparten sus propias historias de pérdida y lucha. Antonio siente que, aunque el libro había nacido del dolor, está creando algo nuevo: un espacio para sanar.

Antonio resalta ante los estudiantes:

—La lealtad y la camaradería que se crean en un frente de guerra no son comparables con nada que conozcáis. Es proteger a tu camarada y él protegerte a ti; matar o morir. Por eso, el sacrificio de muchos de los que estuvieron en el frente no debe olvidarse nunca, porque lucharon por la libertad, no la suya, sino la de vosotros, sus familias y la de todos.

Los estudiantes, ante esas palabras, guardan un silencio total. Por un momento, piensan que ese sacrificio había merecido la pena, aunque las guerras siempre deberían haberse evitado.

—Este libro, *El trincherazo*, se puede describir —dice Antonio— como un relato honesto y profundamente humano que no busca glorificar la guerra, sino recordar a quienes la vivieron y encontrar la humanidad en medio del caos.

Antonio y Julián reciben invitaciones para hablar de su libro en otras ciudades. Aunque nunca buscaron reconocimiento, aceptan con la esperanza de que la historia de sus compañeros pueda llegar a más personas.

En una de estas charlas, un hombre mayor se acerca a Julián después de su intervención.

—Yo también estuve allí, en Teruel —le dice, mostrando una pequeña medalla que llevaba en el cuello—. Gracias por hacer que nuestra historia no sea olvidada.

Julián, sorprendido, estrecha su mano, sintiendo una conexión que trasciende las palabras.

Meses después de la publicación, Antonio y Julián visitan juntos una de las librerías donde se vende el libro. Observan desde un rincón cómo una madre lo compra para su hijo.

—¿Crees que Lucas habría leído esto? —pregunta Julián con una sonrisa.

—Lucas habría hecho bromas sobre cómo exageramos todo —responde Antonio, riendo suavemente—. Pero también habría estado orgulloso.

Esa noche, mientras caminan de regreso, Julián toca la armónica, interpretando la misma melodía que solía tocar en las trincheras.

Esta vez, Antonio se une a él, tarareando la letra que Lucas había inventado.

Aunque el dolor de la guerra nunca desaparecerá, ambos sienten que, por primera vez, han encontrado una forma de convivir con él. Y en el eco de la música encuentran la promesa de un futuro que, aunque incierto, está lleno de esperanza.

14

Historias de un país herido

Impulsados por el impacto positivo de *El trincherazo*, Antonio y Julián deciden expandir el proyecto. La idea es ambiciosa: viajar por España para recoger testimonios de quienes vivieron la guerra, no solo desde las trincheras, sino también desde las casas, las fábricas, los campos y los hospitales. El objetivo es dar voz a quienes, hasta entonces, habían permanecido en silencio.

Antonio convoca a los veteranos que habían contribuido al primer libro. Eugenio, el exmédico militar, es uno de los primeros en ofrecerse para colaborar.

—Cuidé a muchos heridos durante la guerra —le dice en la reunión—, pero no solo perdimos cuerpos, perdimos historias, nombres, identidades. Si puedo ayudar a recuperarlas, cuenten conmigo.

Ramiro, a pesar de su ceguera, también se une al proyecto. Su papel será escuchar los testimonios y aportar una perspectiva diferente, buscando conexiones emocionales más allá de lo visible.

—La guerra no solo se vive con los ojos, sino también con el alma —dice—. Quiero ayudar a que esas almas sean escuchadas.

Antonio llama a Amparo, la hermana de Lucas. Aunque al principio se muestra reacia, finalmente decide colaborar. Confiesa que el proyecto es una forma de mantener viva la memoria de su hermano.

Antonio y Julián comienzan un recorrido por los pueblos más afectados por la guerra. En cada parada, colocan un cartel anunciando su propósito:

BUSCAMOS HISTORIAS DE LA GUERRA CIVIL: HÉROES, VÍCTIMAS Y SUPERVIVIENTES. SU HISTORIA MERECE SER CONTADA.

En los primeros días, la respuesta es tímida. Muchas personas, temerosas de represalias o simplemente cansadas de revivir el dolor, se muestran reticentes a hablar. Pero, poco a poco, las barreras comienzan a caer.

Una anciana llamada Rosa, que había perdido a su esposo en el frente, se convierte en una de las primeras en abrirse a contar su historia.

—No quiero que se olvide lo que pasó —dice, sosteniendo una vieja foto de su marido—. Si mi historia puede ayudar a evitar que vuelva a ocurrir, entonces la contaré.

El equipo comienza a recopilar relatos que amplían su comprensión de la guerra. Entre las historias destacan:

—Manuel, el ferroviario: un hombre que utilizó los trenes para ayudar a escapar a decenas de familias perseguidas, arriesgando su propia vida.

—Consuelo, la enfermera: una joven que trabajó en un hospital improvisado y que, a pesar de las condiciones deplorables, salvó la vida de numerosos soldados, tanto republicanos como nacionales.

—Los niños del refugio: un grupo de huérfanos que sobrevivieron a los bombardeos refugiándose en un sótano, cuidándose mutuamente como una improvisada familia.

Estas historias no solo enriquecen el proyecto, sino que también conectan a Antonio y Julián con un país lleno de cicatrices, pero también de resiliencia.

Julián, quien inicialmente había pensado mantenerse como un colaborador secundario, empieza a involucrarse más activamente. Cada historia que escuchan lo inspira a crear nuevos dibujos.

En un pequeño pueblo de Aragón, dibuja a una anciana sentada frente a un telar, con una ventana al fondo que muestra un paisaje destruido por las bombas. En otro lugar, ilustra a un grupo de niños jugando con una pelota hecha de trapos, en medio de ruinas.

—El arte es mi forma de entender todo esto —le confiesa a Antonio una noche—. No puedo escribir como tú, pero puedo mostrar lo que las palabras no alcanzan.

Antonio, conmovido, le promete que los dibujos de Julián tendrán un lugar destacado en el nuevo proyecto.

El proyecto va cobrando vida y, con el tiempo, el equipo reúne cientos de testimonios. Cada historia es única, pero juntas pintan un retrato complejo y desgarrador de la guerra.

Antonio decide estructurar el nuevo proyecto como una serie de capítulos temáticos:

1. «La vida antes del fuego». Cómo era España antes del conflicto.
2. «Entre trincheras y alambradas». Historias del frente.
3. «La guerra en casa». El impacto en las familias y las comunidades.
4. «El precio de la paz». La difícil reconstrucción tras el conflicto.

Dos años después de haber iniciado el proyecto, se presenta en un evento en Madrid. La sala está llena de personas de todas las edades, incluyendo a muchos de los que compartieron sus historias.

Antonio y Julián presentan el proyecto —muy ambicioso, la verdad—: la creación de un archivo nacional dedicado a la preservación de las historias de la guerra civil. Julián expone sus dibujos en una galería improvisada, mientras Antonio da un discurso emocionado:

—Este proyecto no es nuestro —dice—. Es de todos ustedes. Cada palabra, cada trozo de historia, es un recordatorio de lo que vivimos y de lo que no debemos repetir.

La sala se funde en un gran aplauso.

La velada culmina con una interpretación de la melodía que Julián tocaba en las trincheras, ahora ejecutada por un grupo de músicos jóvenes. Antonio observa a la audiencia, viendo lágrimas, sonrisas y, sobre todo, un sentimiento compartido de comunidad.

Tras el éxito de la presentación, la idea es que las futuras generaciones tengan acceso a estos testimonios, no solo como un registro histórico, sino como una advertencia sobre los costos de la división y la violencia.

El archivo se convierte en un espacio de encuentro donde veteranos, académicos y jóvenes pueden aprender, reflexionar y compartir.

En una ceremonia inaugural, Julián coloca un retrato de Lucas en la entrada, junto con una frase tomada de sus propias palabras:

«CUANDO TODO ESTO TERMINE, CONSTRUIRE-MOS ALGO HERMOSO».

Y, por primera vez en años, Antonio y Julián sienten que esa promesa finalmente se ha cumplido.

15

Los desafíos del recuerdo

La creación del archivo nacional para preservar las historias de la guerra civil se convierte en un proyecto más grande y ambicioso de lo que Antonio y Julián imaginaron. Si bien el impacto inicial es profundamente positivo, no tardan en surgir conflictos internos y externos que ponen a prueba su propósito y determinación.

Antonio, quien había asumido el papel de coordinador principal, empieza a sentir el peso de las expectativas. Cada día llegan nuevas cartas, grabaciones y objetos donados por familias de todo el país. La responsabilidad de decidir qué historias incluir y cómo presentarlas lo abruma.

En una conversación con Julián, expresa sus dudas:

—¿Quién soy yo para decidir qué merece ser contado y qué no? Siento que cada elección que hago es una traición a alguien.

Julián, quien ha encontrado en el dibujo un refugio, lo escucha pacientemente.

—No puedes contarlas todas, Antonio —le dice—. Pero cada historia que eliges es una oportunidad para dar voz a alguien que no la tuvo. Eso es suficiente.

A pesar de las palabras de Julián, Antonio empieza a cuestionar su capacidad para continuar liderando el proyecto. Las noches sin dormir y la constante presión lo llevan a aislarse emocionalmente.

Mientras el archivo crece en reconocimiento, también enfrenta críticas desde diferentes sectores. Algunas voces conservadoras acusan el proyecto de ser parcial, alegando que favorece los testimonios del bando republicano. Otros lo ven como un intento de reabrir heridas que el país prefiere olvidar.

En un debate, un historiador critica el archivo:

—España necesita cerrar sus cicatrices, no seguir explorándolas. Este proyecto, aunque bien intencionado, solo perpetúa la división.

Antonio, presente en el debate, responde con firmeza:

—No se puede cerrar una herida que nunca se ha limpiado. Este archivo no busca dividir, sino recordar. Porque solo recordando podemos evitar repetir los errores del pasado.

A pesar de sus palabras, las críticas afectan a Antonio, quien siente que el proyecto está en constante peligro de ser politizado.

Mientras tanto, el archivo comienza a tener un impacto tangible en las vidas de las personas que contribuyeron con sus historias.

Amparo, la hermana de Lucas, visita el archivo por primera vez y encuentra expuesto el dibujo de Julián de Lucas tocando la guitarra en la trinchera. Llora al verlo, pero también siente una profunda paz.

—Por primera vez en años, siento que el sacrificio de Lucas ha servido para algo —dice al guía que la acompaña.

Otra familia, los nietos de Manuel, el ferroviario, descubren por primera vez las acciones heroicas de su abuelo gracias al archivo. Inspirados por su historia, deciden escribir un libro infantil basado en su vida.

En una visita escolar, Luis, un joven de 15 años, escucha un testimonio sobre los niños del refugio y siente que, aunque nunca vivió la guerra, esas historias ahora son parte de él.

—Voy a estudiar Historia —le dice a su maestro—. Quiero que estas historias sigan vivas para siempre.

Julián, por su parte, empieza a recibir reconocimiento por su trabajo artístico. Sus dibujos no solo forman parte del archivo, sino que también son expuestos en galerías de todo el país.

Aunque al principio le incomoda la atención, pronto comprende que su arte tiene un propósito más grande.

En una carta a Antonio le escribe:

Nunca pensé que mis manos, manchadas de barro y sangre, serían capaces de crear algo hermoso. Gracias por mostrarme que aún podía aportar algo al mundo.

A medida que su confianza crece, Julián se convierte en un mentor para jóvenes artistas, enseñándoles cómo el arte puede ser una herramienta para sanar y recordar.

En medio de estos avances, Antonio recibe una carta anónima que lo lleva a una nueva encrucijada. En la carta, un hombre confiesa haber pertenecido al bando nacional y haber cometido actos atroces durante la guerra.

—¿Debemos incluir esto? —pregunta Antonio durante una reunión con su equipo.

El debate que sigue es intenso. Algunos argumentan que el archivo debe ser un espacio para todas las historias, incluso las más oscuras. Otros temen que incluir testimonios como ese pueda desvirtuar el propósito del proyecto.

Finalmente, Antonio toma una decisión difícil: incluir el testimonio, pero con un análisis crítico que permita comprender las circunstancias y las consecuencias de los actos narrados.

—No podemos cambiar lo que ocurrió, pero podemos aprender de ello —dice durante la presentación del nuevo testimonio.

Con el paso del tiempo, el archivo se convierte en un pilar fundamental para la memoria histórica de España. Las nuevas generaciones lo utilizan para investigar, reflexionar y conectar con el pasado de sus familias y de su país.

Antonio y Julián, en una de sus visitas al archivo, observan cómo un grupo de jóvenes explora las salas, lee los testimonios y admira los dibujos de Julián.

—Mira eso —dice Julián, señalando a un joven que intenta imitar uno de sus bocetos—. Creo que nuestras historias están en buenas manos.

Antonio sonríe, sintiendo que, a pesar de las luchas, el proyecto ha cumplido su propósito.

Antes de salir, ambos se detienen frente al retrato de Lucas en la entrada. Antonio coloca una mano sobre el marco y dice:

—Lo logramos, amigo. Lo logramos.

16

Llanto y esperanza

La noche era fría en el hospital de campaña. El sonido de los cañones se había apagado momentáneamente, pero el eco de la guerra aún resonaba en los corazones de todos los presentes. Martina estaba sentada junto a una camilla vacía, con la mirada fija en sus manos manchadas de sangre seca.

Apenas hacía unas horas había perdido a dos muchachos. Uno tenía apenas dieciocho años, con el rostro aún suave, casi infantil; el otro, de veintidós, le había hablado de sus sueños de convertirse en maestro una vez terminara la guerra.

—¡No me dejes morir, por favor! —le había suplicado mientras ella intentaba detener la hemorragia. Martina había trabajado con desesperación, pero la muerte, implacable, los había reclamado a ambos.

Martina dejó caer el rostro entre las manos. Por más que lo intentara, no podía evitar revivir el momento en que los ojos del joven maestro se apagaron, el instante en que su última exhalación se llevó también un trozo de su esperanza.

Las lágrimas comenzaron a correr por sus mejillas, silenciosas al principio, pero pronto se convirtieron en un llanto desgarrador. Era una mezcla de impotencia y rabia: impotencia por no poder salvarlos a todos, rabia por la crueldad de un conflicto que les robaba el futuro.

Se levantó y caminó hacia una pequeña mesa en el rincón del hospital, donde guardaba un cuaderno. Lo abrió y comenzó a escribir, tratando de vaciar su dolor en palabras.

Hoy he perdido a dos más. Eran apenas niños, con toda una vida por delante. ¿Cómo puedo seguir viendo morir a tantos, tan jóvenes? Me pregunto si algún día tendré fuerzas para mirar hacia atrás sin sentir que he fallado. Cada uno de ellos se lleva una parte de mí, y me pregunto cuánta más puedo perder antes de que no me quede nada.

Las lágrimas volvieron a brotar mientras escribía. No eran solo de tristeza, sino también de amor, porque aunque el dolor era insoportable, sabía que cada uno de esos jóvenes merecía ser recordado. Ese cuaderno se estaba convirtiendo en su manera de asegurarse de que no fueran olvidados.

Esa noche, Martina lloró hasta quedarse sin fuerzas, pero al día siguiente volvió a levantarse. Sabía que, mientras pudiera vendar heridas, seguiría luchando por aquellos que aún podían ser salvados. Porque, aunque el llanto la consumiera, también le recordaba que estaba viva, y mientras lo estuviera, nunca dejaría de pelear por los que la necesitaban.

Martina siente un peso constante sobre sus hombros. Cada pérdida es una carga emocional que no puede soltar. Con el tiempo, comienza a cargar con un sentimiento de culpa desmedido, creyendo que las vidas que no logra salvar son un reflejo de su propio fracaso, a pesar de saber, en el fondo, que está luchando contra lo imposible.

Se permite sentir el duelo por cada joven que no puede salvar. Sin embargo, a medida que el tiempo pasa, comienza a endurecerse emocionalmente. No por elección, sino porque es la única forma de seguir adelante. Aunque por fuera parece fuerte, por dentro siente que se está deshumanizando, que está perdiendo la capacidad de empatizar plenamente. Esto la atormenta en sus momentos de soledad, cuando la fachada de fortaleza se derrumba.

En sus sueños, los rostros de los soldados aparecen una y otra vez. A veces despierta sobresaltada, llorando o jadeando, como si estuviera reviviendo esos momentos. Este trauma la aísla emocionalmente, porque siente que nadie más puede entender lo que ha vivido.

Uno de los pensamientos que la consume es el miedo a que las historias de esos jóvenes se pierdan. «¿Quién los recordará si nadie escribe sobre ellos?», se pregunta constantemente.

Este miedo la impulsa a documentar todo en su cuaderno, pero también la llena de una amargura silenciosa hacia el mundo exterior, hacia aquellos que no sufren las mismas pérdidas y que tal vez nunca entenderán el horror de la guerra.

Cuando la guerra termina, Martina queda marcada para siempre. Por un lado, siente orgullo de haber ayudado a tantos, pero por otro, vive con un dolor profundo por los que no sobrevivieron. En los años posteriores evita hablar de la guerra, pero sus pesadillas continúan. Nunca deja de escribir en su cuaderno, como si fuera la forma de honrar las vidas perdidas y mantener viva su memoria.

Aunque encuentra momentos de paz, el peso de lo vivido nunca la abandona del todo. Se convierte en una mujer que lleva en su interior la historia de una generación rota, pero también la fuerza y el coraje de alguien que sobrevivió a lo peor sin perder la humanidad.

Martina, de cabellos canos y mirada tranquila, cruza la sala de la exposición con paso lento. Sostiene entre sus manos un objeto envuelto con esmero: un cuaderno gastado, cuyas páginas han sobrevivido a décadas de silencios. Las paredes están llenas de recuerdos de la guerra, de cartas y fotografías, pero Martina tiene algo más que entregar.

Cuando llega al centro de la sala, toma una silla. La gente se reúne a su alrededor, atraída por su presencia y la ternura en su rostro, pero también por un aura de tristeza que parece envolverla. Tras un suspiro, comienza a hablar.

—Cuidar vidas en medio de la guerra fue mi deber y mi condena. Tenía apenas veinticinco años, pero mis manos conocieron más muerte que caricias. Fui enfermera en el frente, y allí aprendí lo que significa la dureza de la guerra.

Hace una pausa, como si el pasado la golpeara de nuevo. Mira a los presentes, a los jóvenes que están allí con sus rostros llenos de vida, y su voz tiembla.

—Vi morir a muchachos que apenas habían dejado la infancia. Hombres que todavía soñaban con el primer amor o con regresar al calor de sus familias. Venían a mí llenos de esperanza, pensando que podía salvarlos. Pero la metralla… la metralla no distingue ideales, ni juventud, ni valentía.

Con manos temblorosas, desenrolla el cuaderno y lo abre. Las páginas están llenas de nombres, fechas y breves descripciones.

—Aquí están. Julián, que tocaba la armónica por las noches para mantener la moral de los suyos. Lucas, que con su guitarra traía un trozo de hogar al infierno del frente. Y Antonio, que escribía cartas con las que intentaba mantener vivo el amor que los suyos sentían por él. No todos sobrevivieron.

El silencio se espesa en la sala. Martina sigue:

—Cuidé a jóvenes que me miraban con ojos llenos de preguntas, como si quisieran saber si tenían alguna oportunidad de vivir.

Algunos murieron agarrados de mi mano, susurrando los nombres de sus madres, de sus hermanas, de algún amor que dejaron atrás. Y aunque sus cuerpos se iban, yo sentía que algo de su espíritu se quedaba conmigo.

Levanta la mirada y recorre los rostros de los presentes.

—Estos muchachos no eran héroes. Eran hijos, hermanos, amigos. Querían vivir, pero la guerra se los arrebató. No quiero que sus nombres se olviden, ni sus sueños, ni su risa. Porque si olvidamos a los que cayeron, olvidamos también por qué lucharon.

Cierra el cuaderno con delicadeza y lo coloca sobre una mesa en el centro de la sala, junto a otras cartas y objetos del exilio.

—Dejo esto aquí, para que sepan que la juventud perdida en la guerra no es solo un número en un libro de historia. Eran personas. Y aunque sus cuerpos no volvieron, sus recuerdos están aquí, vivos, entre estas páginas.

Los asistentes no saben qué decir. Algunos lloran en silencio; otros se acercan al cuaderno, tocándolo con reverencia.

Martina se aleja despacio, satisfecha de haber cumplido una vez más su deber: preservar la memoria de los que se fueron demasiado pronto.

Ese día, el legado de Julián, Lucas, Antonio y de tantos otros jóvenes quedó sellado en los corazones de quienes escucharon a Martina. Porque recordar no solo es un acto de justicia: es un acto de amor por la vida que ellos no pudieron vivir.

Las páginas del cuaderno de Martina son un mosaico de emociones, llenas de detalles sobre los jóvenes que pasaron por sus manos durante la guerra. Cada entrada refleja el dolor, la esperanza y la humanidad que sobrevivieron incluso en medio del caos.

20 de julio de 1937
Julián Roldán, 22 años. Toledo.
Herida de metralla en la pierna izquierda. Llegó al hospital con el rostro pálido, pero sonriente. Me contó que tocaba la armónica para animar a sus compañeros en las trincheras.
«¿Crees que podré volver a tocar?», me preguntó, preocupado. Le dije que sí, aunque no estaba segura de ello.
Esa noche me pidió papel y lápiz y escribió una carta para su madre. No sé si llegó a enviarla, pero nunca olvidaré cómo hablaba de ella, con tanto amor.
«Si algo me pasa, dígale que lo último que pensé fue en su sonrisa».

5 de agosto de 1937
Lucas Delgado, 19 años. Badajoz.
Fractura en la mano derecha por un disparo. Cuando llegó, lloraba, pero no de dolor físico.
«Es mi mano para la guitarra», me dijo entre sollozos. Traté de tranquilizarlo mientras le limpiaba la herida.
Esa noche le conseguí una vieja guitarra que alguien había dejado en el hospital. Aunque apenas podía tocar, arrancó unas notas torpes.
«No importa si no suena bien —me dijo—, mientras pueda sentir las cuerdas, sigo estando vivo».

15 de septiembre de 1937
Antonio Morales, 24 años. Sevilla.

Herida de bala en el hombro. Antonio era el más optimista de todos. Siempre hacía bromas, incluso mientras le cosía.

«¿Sabes? Esto será una gran historia que contar cuando todo esto acabe», me dijo con una sonrisa.

Pero una noche lo encontré solo, mirando al vacío. Me confesó que estaba cansado, que las cartas que escribía para su familia eran su manera de mantenerlos cerca.

«A veces me pregunto si algún día volveré a verlos», dijo con un hilo de voz.

No supe qué responderle, así que simplemente le tomé la mano.

1 de octubre de 1937
Un joven sin nombre.

Lo encontraron entre los escombros después de un bombardeo. Apenas respiraba. Mientras lo atendía, me dijo que no recordaba su nombre, que todo estaba borroso.

Solo repetía: «Dígale a mi madre que lo siento».

Cuando pregunté qué era lo que sentía, respondió: «Por no haberme despedido».

Murió esa misma noche.

9 de noviembre de 1937
Una nota personal.
Hoy estoy cansada. No solo del trabajo, sino del peso de tantos
jóvenes llenos de vida que se nos van. Cada uno de ellos deja algo
en mí: sus sueños, sus miedos, sus risas.
   Me pregunto si algún día esta guerra terminará y si podremos
recordarlos no como soldados, sino como lo que eran: hijos, amigos,
amantes.
   Escribo estas notas para que el olvido no los reclame.

25 de diciembre de 1937
Un momento especial.
Hoy, por primera vez en meses, hubo risas en el hospital. Lucas,
con su guitarra; Julián, con su armónica; y Antonio, dando palmas,
tocaron una canción que improvisaron.
   Por un momento, olvidamos dónde estábamos. Incluso yo me
permití sonreír. La música llenó la sala como un susurro de esperanza.

El cuaderno de Martina no es solo un registro médico, sino
un testimonio vivo del amor, la humanidad y la lucha por sobrevivir en medio del horror. A través de sus palabras, las historias
de estos jóvenes siguen latiendo, recordándonos que, incluso en
la guerra, la vida siempre encuentra una forma de brillar.

17

Voces del archivo

El archivo se ha convertido en un espacio de encuentro para voces que durante décadas permanecieron en silencio. Cada rincón está lleno de historias que revelan las múltiples caras de la guerra civil española. Antonio y Julián siguen involucrados en la recopilación de testimonios.

En una sala dedicada a las mujeres de la guerra, destaca la historia de Dolores, una mujer que dedicó su vida a escribir cartas a soldados de ambos bandos.

En una entrevista grabada para el archivo, Dolores relata:

—No tenía hijos, pero sentía que cada uno de esos muchachos era mío. Cuando la guerra comenzó, me uní a un grupo de mujeres que tejíamos mantas y preparábamos paquetes para los soldados. Pero pronto me di cuenta de que lo que más necesitaban era alguien que les recordara que aún eran humanos.

Dolores escribió más de mil cartas, firmándolas como «Tu Madrina». Algunos soldados le respondieron; otros nunca pudieron. En una vitrina del archivo se exhiben varias de esas cartas, junto con una frase escrita por Dolores:

No luchaba en las trincheras, pero luchaba por sus almas.

Un grupo de estudiantes, que visitaba el archivo, se queda en silencio al leer las cartas. Una de ellas, escrita por un joven llamado Miguel, dice:

> *Gracias, Madrina, por recordarme que aún hay amor en este mundo. Si salgo de aquí, prometo buscarla y darle las gracias en persona.*

Miguel nunca regresó del frente, pero su carta sigue viva, un testimonio de humanidad en medio del caos.

En una sala especialmente diseñada para los más pequeños se cuenta la historia de Marcelino, Ana y Tomás, tres niños que sobrevivieron juntos en un refugio subterráneo durante los bombardeos.

Julián, inspirado por su relato, creó una serie de ilustraciones que representan su vida en el refugio: un rincón donde jugaban con piedras como si fueran juguetes, un mural que pintaron en la pared con carbón y las sombras proyectadas por las velas titilantes.

Uno de los testimonios grabados de Marcelino, ya anciano, se escucha en la sala:

—Éramos tres niños solos en un agujero oscuro. Pero Ana siempre decía que la guerra no podía quitarnos todo, y cada noche inventábamos historias para olvidar el miedo.

En un rincón del archivo, una réplica del mural que pintaron los niños cuelga en la pared. Los visitantes dejan mensajes de esperanza y dibujos en honor a ellos, perpetuando el espíritu de unión que los mantuvo vivos.

Otro rincón del archivo está dedicado a Víctor, un fotógrafo que recorrió los pueblos devastados por la guerra, documentando la vida de los desplazados. Su cámara capturó no solo la devastación, sino también momentos de esperanza y solidaridad.

En una pared se exhibe una de sus fotografías más icónicas: un grupo de mujeres trabajando juntas para reconstruir una casa mientras los niños juegan a su lado. La leyenda dice:

En medio de las ruinas siempre hay manos que construyen.

Los visitantes también pueden escuchar una grabación de Víctor en la que dice:

—Nunca fui soldado, pero mi arma fue mi cámara. Quería que el mundo viera no solo lo que perdimos, sino lo que aún éramos capaces de salvar.

En un rincón más íntimo del archivo, se encuentra la historia de Eugenio, un soldado republicano que escribió una carta a su madre justo antes de ser ejecutado. La carta fue entregada a la familia décadas después.

En una vitrina se exhibe el texto original, escrito en un trozo de papel manchado de barro:

Madre, no sé si esto llegará a ti, pero quiero que sepas que no tengo miedo. Moriré con la certeza de haber luchado por lo que creía justo. Te quiero y siempre te querré.

Eugenio

Cerca de la carta, una proyección muestra a la madre de Eugenio, ya anciana, leyendo esas palabras por primera vez. Las lágrimas en sus ojos transmiten un mensaje claro: aunque tardaron años, las palabras de su hijo finalmente la alcanzaron.

En una sala dedicada a los civiles se encuentra el diario de Teresa, una maestra que dirigió una escuela improvisada en un sótano durante los años más oscuros de la guerra.

Teresa escribió:

Los niños necesitan más que pan para sobrevivir; necesitan sueños. Aquí, entre paredes húmedas y bajo el ruido de las bombas, les enseño a leer, a escribir y a imaginar un mundo mejor.

El diario está acompañado por los dibujos de sus alumnos, algunos llenos de esperanza y otros marcados por el miedo. En un rincón, una frase de Teresa resume su lucha:

La guerra puede destruir edificios, pero no puede destruir el deseo de aprender.

El archivo no solo se convierte en un lugar de memoria, sino también en un espacio para el diálogo. Cada historia inspira a las nuevas generaciones a reflexionar sobre el pasado y a valorar la paz.

Una joven, llamada Inés, tras visitar el archivo, deja un mensaje en el libro de visitas:

Mi abuelo nunca hablaba de la guerra, pero ahora entiendo por qué. Gracias por contar lo que él no pudo. Prometo no olvidar.

Por su parte, Antonio y Julián, aunque ya envejecidos, encuentran consuelo al saber que las voces que rescataron seguirán vivas mucho después de que ellos se hayan ido.

Antes de salir del archivo, Julián observa a un grupo de niños viendo sus dibujos con fascinación.

—Mira eso, Antonio —dice con una sonrisa—. Creo que Lucas estaría orgulloso.

Antonio asiente, sintiendo que su lucha por recordar, por dar voz a los que fueron silenciados, ha valido cada sacrificio.

A medida que más personas comparten sus historias, se abren nuevas puertas para comprender las heridas y los gestos de humanidad durante la guerra civil. Algunas de esas historias emergen con tanta fuerza que dejan huella no solo en los visitantes, sino también en quienes trabajan en el archivo.

En una sala dedicada a las familias separadas por el conflicto se exhibe la historia de Estrella, una niña de apenas ocho años que fue apartada de sus padres al comienzo de la guerra.

Durante años vivió con desconocidos en un pueblo remoto, sin saber nada de su familia.

Años más tarde, ya anciana, Estrella narró su experiencia para el archivo:

—*Me llamaban la Hija de las Estrellas, porque decía que mi madre me buscaba desde el cielo. Pero no era verdad. Mi madre estaba viva, solo que no podía encontrarme.*

Una fotografía en blanco y negro muestra a Estrella, con el cabello despeinado y la mirada perdida, abrazando una muñeca hecha de trapos.

El archivo incluye las cartas que su madre escribió una y otra vez a las autoridades pidiendo información. Décadas después, ambas se reencontraron gracias a una periodista que había investigado el caso.

Estrella donó la muñeca que la acompañó durante toda su infancia al archivo, junto con una nota:

Este juguete era mi única familia cuando creía que lo había perdido todo. Ahora pertenece a quienes quieran recordar que, incluso en los momentos más oscuros, hay esperanza.

Tomás era un humilde molinero de un pequeño pueblo en Galicia que, durante la guerra, se convirtió en un símbolo de resistencia para su comunidad.

El testimonio de su nieta, María, reconstruye su historia:

Mi abuelo usó su molino para algo más que moler trigo. Ayudaba a los perseguidos a cruzar las montañas y escondía a quienes huían de los bombardeos.

En una vitrina del archivo se muestra una pequeña piedra redonda, que alguna vez formó parte de la muela del molino. Junto a ella, un fragmento del testimonio de un hombre que sobrevivió gracias a Tomás:

El molinero no solo daba pan, daba esperanza. Nos decía: «Mientras las aspas sigan girando, aún hay vida».

Tomás fue ejecutado tras ser descubierto ayudando a una familia. Sin embargo, su legado sigue vivo en su comunidad, que reconstruyó el molino como homenaje.

En la sección dedicada a las acciones altruistas durante la guerra, destaca la historia de Sofía y Blanca, dos hermanas que trabajaban como mensajeras clandestinas.

Apenas adolescentes, utilizaban bicicletas para transportar mensajes entre grupos de resistencia. En uno de los diarios se puede leer:

Éramos como palomas mensajeras, llevando palabras que podían salvar vidas. Sabíamos que si nos atrapaban, no volveríamos a casa, pero no teníamos miedo.

Una fotografía muestra a las dos hermanas con vestidos sencillos y bicicletas desgastadas, sonriendo frente a un paisaje de colinas.

Ambas sobrevivieron a la guerra, pero nunca hablaron públicamente de sus hazañas. Fue la nieta de Blanca quien encontró el diario y lo entregó al archivo.

Hoy, las bicicletas restauradas de Sofía y Blanca están expuestas junto a un mapa de las rutas que recorrían, con un mensaje grabado en una placa:

La valentía no siempre lleva uniforme.

Un joven poeta que, tras ser obligado a combatir, dejó de hablar como protesta silenciosa contra la violencia.

Raúl escribía versos en pedazos de papel que encontraba en las trincheras. Muchos de sus poemas fueron descubiertos años después, enterrados en una caja metálica en el lugar donde murió.

Uno de los poemas más conocidos se exhibe en una sala oscura, iluminado por una tenue luz:

Las balas cantan, pero no traen música. La tierra llora, pero no tiene consuelo. Callo, porque gritar es inútil.

Escribo, porque olvidar es morir.

El archivo organizó un concurso de poesía para jóvenes inspirado en la vida de Raúl. La ganadora de la primera edición, una adolescente llamada Clara, dedicó su poema a él:

Gracias por las palabras que nos dejaste, poeta silencioso. Ahora nosotros le haremos eco.

Un joven llamado Javier, estudiante de Historia, deja una carta en una urna destinada a mensajes para los protagonistas del archivo. Su carta está dirigida a su abuelo, un hombre del que su familia nunca habló porque combatió en el bando nacional.

Querido abuelo:
Nunca te conocí, pero he pensado mucho en ti desde que visité el archivo. Sé que luchaste por un lado que muchos consideran el equivocado, pero también sé que eras humano, como todos los demás. Me pregunto si tenías miedo, si creías en lo que hacías o si solo querías volver a casa.
Quiero que sepas que, aunque no entiendo tus decisiones, no te juzgo. Lo único que lamento es no haberte conocido. Ojalá alguien pueda contarme tu historia algún día, para que yo también pueda escribirla aquí, entre estas paredes que guardan tanto amor como dolor.
Con cariño,

Javier

Javier entrega la carta al archivo con la esperanza de que, algún día, otra familia deje un testimonio que le permita reconstruir el pasado de su abuelo.

Una mujer llamada Marta encuentra en el archivo una carta escrita por su abuelo republicano a su mejor amigo, quien luchó en el bando nacional. Aunque sus caminos se separaron, siguieron escribiéndose en secreto durante toda la guerra.

Inspirada por esas palabras, Marta decide escribir una carta a la nieta del amigo nacionalista de su abuelo, a quien localiza gracias al archivo.

Hola, me llamo Marta:

Sé que nunca nos hemos conocido, pero creo que nuestras historias están entrelazadas. Nuestros abuelos fueron amigos en un tiempo en que la amistad parecía imposible.

Sus cartas me han hecho reflexionar sobre lo que significa la reconciliación. Creo que ellos querían que el amor y el respeto sobrevivieran a las balas y al odio. Por eso te escribo: para continuar el puente que ellos construyeron.

Me gustaría conocerte y compartir lo que sé de sus vidas, y espero que tú también puedas contarme lo que sabes.

La respuesta no tarda en llegar, y ambas familias se encuentran en el archivo para compartir recuerdos, fotografías y lágrimas, uniendo las piezas de un pasado dividido.

Una maestra llamada Luisa, tras llevar a sus estudiantes al archivo, les pide que escriban cartas a las generaciones futuras, inspiradas por las historias que escucharon.

Una de las cartas, escrita por un niño llamado Daniel, dice:

Queridos niños del futuro:

Hoy aprendí que la guerra no solo rompe cosas, también rompe corazones. Pero también aprendí que hay personas valientes que hacen cosas buenas, incluso cuando todo es malo.

Quiero que ustedes nunca tengan que pasar por una guerra, pero si algún día sienten miedo, recuerden que siempre hay esperanza, como dijeron los niños del refugio.

No olviden que la paz es como una planta: hay que regarla todos los días. Yo prometo cuidarla para que ustedes puedan verla crecer.

El archivo decide exponer las cartas de los niños en una nueva sala dedicada al futuro, con el título *El legado de la paz*.

La exposición con las cartas escritas por niños del presente se convierte en un fenómeno inesperado. Muchas de esas cartas llegan a manos de descendientes de personas cuyos testimonios están en el archivo.

Una de ellas, escrita por Daniel, es respondida por un anciano llamado Marcelino, uno de los niños del refugio que inspiró a Daniel.

En su respuesta, Marcelino escribe:

Gracias por tus palabras, pequeño amigo.

Nosotros, los niños de la guerra, siempre soñamos con un futuro mejor, y al leer tu carta, siento que nuestro sueño se cumplió.

Sigue cuidando la paz, como prometiste, porque es el regalo más grande que tienes.

El intercambio se convierte en un símbolo de cómo las historias del pasado no solo inspiran, sino que también guían el camino hacia un futuro más consciente y esperanzador.

18

El hilo invisible

El archivo, con sus historias pasadas y contemporáneas, se convierte en un punto de encuentro no solo para quienes buscan respuestas, sino también para quienes desean construir puentes entre generaciones y contextos aparentemente separados.

Las cartas, fotografías y objetos conectan a los visitantes, mostrando que la memoria no es algo estático, sino un tejido vivo que une a las personas.

Javier, tras descubrir la historia de su abuelo y leer las cartas entre los abuelos de Marta y Clara, se siente inspirado a contactar a Marta. Su carta, enviada a través del archivo, dice:

> *Marta:*
>
> *Leí sobre tu historia en la exposición de las cartas. Mi abuelo también fue un hombre atrapado en una guerra que no eligió. Aunque nuestras familias lucharon en lados opuestos, siento que hay algo que nos une: la necesidad de entender y reconciliarnos.*
>
> *Me gustaría conocerte para compartir nuestras historias y, quizás, encontrar en ellas un propósito común.*

Cuando se encuentran, Marta comparte con Javier las cartas entre su abuelo y el amigo nacionalista. Ambos reflexionan sobre el poder del perdón y cómo, incluso en medio del odio, hay quienes logran construir lazos. Inspirados, deciden organizar un taller de escritura de cartas para otros jóvenes que quieran explorar sus historias familiares y superar los silencios del pasado.

Héctor, al leer las cartas de los niños dirigidas al futuro, encuentra en ellas un eco de sus propios sentimientos: la esperanza en medio del miedo. Una de las cartas, la de Daniel, lo conmueve especialmente. Héctor decide escribirle al niño:

> *Hola, Daniel:*
>
> *Leí tu carta en la exposición y quiero decirte que tienes toda la razón: la paz es como una planta que necesita cuidados constantes. Yo he visto lugares donde esa planta fue olvidada, pero también he visto personas que luchan por volver a cultivarla.*
>
> *Gracias por recordarme que siempre hay esperanza, incluso en los momentos más difíciles.*

Daniel, emocionado por la respuesta, comienza a intercambiar cartas con Héctor, quien lo visita en su escuela para hablar sobre la importancia de la paz. Los otros niños, inspirados, deciden escribir sus propias cartas a veteranos y familias afectadas por la guerra civil, ampliando así el puente entre generaciones.

Mientras Inés profundiza en la historia de su abuelo Felipe y su prometida María, encuentra un registro en el archivo que conecta a Felipe con el abuelo de Marta. Ambos hombres estuvieron en un campo de refugiados en Francia al final de la guerra.

Cuando Inés se encuentra con Marta, descubre que las cartas que Felipe escribió desde ese campo fueron guardadas por el abuelo de Marta, quien las entregó en secreto a María antes de que ella emigrara. Entre las cartas hay una que María nunca tuvo el valor de enviar:

Felipe, te amé en silencio incluso cuando todo parecía perdido. Si estás leyendo esto, espero que encuentres la felicidad que yo no pude darte. Mi amor por ti es eterno.

Inés y Marta deciden incluir esta carta en la exposición, acompañada de un mensaje sobre las historias inconclusas y las heridas que aún buscan sanar.

Javier, mientras investiga la vida de su abuelo, descubre que Marcelino, el anciano que respondió a la carta de Daniel, conoció a su abuelo durante la guerra. Ambos hombres, aunque en bandos contrarios, compartieron un breve encuentro cuando Marcelino, entonces un niño refugiado, fue rescatado por un grupo de soldados franquistas en un pueblo bombardeado.

Cuando Javier visita a Marcelino para escuchar su historia, el anciano recuerda:

—Tu abuelo era uno de los pocos que mostraban compasión. Recuerdo que me dio un pedazo de pan y me dijo: «No dejes que esta guerra te quite tu sonrisa, niño». Nunca lo olvidé.

Conmovido, Javier decide grabar el testimonio de Marcelino y lo incluye en la exposición del archivo, cerrando el círculo entre su abuelo y la nueva generación.

En el evento anual del archivo, organizado para conmemorar la memoria de la guerra civil, se leen fragmentos de las cartas recopiladas. Javier, Marta, Héctor, Inés, Clara y Marcelino están presentes, unidos por los hilos invisibles que el archivo ha tejido entre ellos.

La última carta, escrita por un niño inspirado en las historias del archivo, resume el propósito de todo:

A quienes lean esto en el futuro:
Hoy aprendí que las guerras dividen, pero las historias unen. Aunque no viví lo que ellos vivieron, quiero ser parte de un mundo donde las cartas que escribimos hablen de amor, no de miedo.
Si estás leyendo esto, recuerda que cuidar la paz es nuestra responsabilidad. No olvides regarla todos los días.

Antonio decide leer una carta que el archivo recibe sin remitente, escrita con una caligrafía antigua y delicada, en un papel que parece haber viajado a través de las décadas.

Está dirigida a nadie en particular, pero cada palabra resuena como si hablara directamente al corazón de quienes la leen. Es anónima, pero contiene una fuerza universal.

A quien tenga el valor de escuchar:
Hace muchos años, cuando los cañones callaron y las trincheras se vaciaron, pensé que mi voz no importaba. Había sobrevivido, sí, pero no sentía que estuviera vivo. Mi cuerpo volvió a casa, pero mi espíritu se quedó entre los campos de batalla, junto a los amigos que perdí y las promesas que nunca pude cumplir.
Me dijeron que era libre, que la guerra había terminado, pero nadie me explicó cómo se vive con el peso de lo que dejamos atrás. Nadie habló de cómo se curan las heridas que no se ven, ni de cómo reconstruir un país que había olvidado cómo amarse.
Pasaron los años, y aprendí que la libertad no llega de golpe. No es algo que se gane en una batalla o se firme en un papel. La

libertad verdadera es una decisión diaria: perdonar, recordar y, sobre todo, seguir adelante.

Un día, mientras trabajaba la tierra seca que había sido nuestra única herencia, escuché la risa de mi hija pequeña. La miré y comprendí algo que la guerra nunca me dejó entender: la libertad no es para nosotros, los que luchamos, sino para ellos, los que vienen después.

Por eso escribo esta carta, para ti, que la estás leyendo ahora. Quizás no me conoces, pero si estás aquí es porque buscas lo mismo que yo buscaba: sentido, consuelo, esperanza. Quiero que sepas que, aunque el pasado esté lleno de sombras, siempre hay una luz. Esa luz está en las risas de los niños, en la mano amiga, en el perdón que nos damos a nosotros mismos.

Hoy, después de tantos años, me siento libre. No porque haya olvidado, sino porque he decidido recordar sin odio. Si tú estás luchando con tu propio peso, quiero que sepas que no estás solo. La libertad que yo encontré también está esperándote a ti.

Con esperanza,

Un sobreviviente

La carta conmueve profundamente a todos los presentes en el archivo. Antonio y Julián se quedan con ese peso que, en su momento, ellos también vivieron; les recordó el camino que habían recorrido hasta ese instante.

Deciden enmarcarla en el centro de la exposición, rodeada de las cartas de soldados, niños y civiles que vivieron la guerra.

Bajo el texto colocan una placa que dice:

La libertad no pertenece al pasado, sino al presente y al futuro. Que nunca olvidemos lo que significa cuidarla.

Ese día, cientos de personas visitan el archivo, pero una figura solitaria permanece frente a la carta durante horas. Es Marcelino, el anciano que había compartido tantas historias en el archivo. Con los ojos llenos de lágrimas, susurra:

—Esto... esto es lo que siempre quise decir.

Antes de irse, Marcelino deja su propio mensaje junto a la carta:

Gracias. Ahora sé que mi historia, nuestra historia, no se perderá. Estamos libres.

Esa noche, mientras las luces del archivo se apagan, las cartas parecen susurrar entre ellas, como un coro de voces que, después de tanto tiempo, finalmente han sido escuchadas.

Afuera, el viento lleva consigo los ecos de esas palabras, extendiéndolas más allá de los muros, hacia un mundo que, aunque imperfecto, aún tiene esperanza.

19

Ecos del silencio

Antonio y Julián propusieron crear una sala dedicada a los silencios que sufrieron muchas familias después de la guerra: las represalias, las acusaciones, Al sufrimiento de las familias.

En cada rincón de los pueblos, entre sus calles polvorientas y las ventanas cerradas, resonaban las voces de los padres y madres que esperaban el regreso de sus hijos desde el frente. No eran gritos ni clamores, sino murmullos silenciosos, oraciones ahogadas en lágrimas y miradas perdidas hacia el horizonte. Cada carta, cada noticia, era un hilo de esperanza en un tapiz desgarrado por el sufrimiento.

Las madres mantenían encendidas las lámparas junto a las ventanas, una tenue luz que parecía gritarle a la oscuridad: «Aquí seguimos. Vuelve a casa».

Sus manos, desgastadas por el trabajo y el tiempo, tejían mantas, cosían o simplemente acariciaban viejas fotografías con la esperanza de mantener viva la memoria.

Los padres, en su silencio más rígido, pasaban horas en los campos, labrando la tierra con la espalda encorvada. Cada golpe de azada era un grito de impotencia, un intento de liberar el dolor acumulado.

El sufrimiento era colectivo. Cada vez que un cartero llegaba al pueblo, la gente se detenía, el corazón latiendo con fuerza.

Un sobre podía contener vida o muerte, esperanza o el fin de los sueños.

En las casas donde no hubo regreso, el silencio se convirtió en el único habitante. Las camas quedaban intactas, los platos sin usar y los recuerdos llenaban cada rincón. Pero incluso en esas casas vacías, en las palabras susurradas por las noches y en los corazones de las generaciones futuras, perduró el valor de la memoria y el peso de la guerra.

Julián realizó unos bocetos que reflejaban ese silencio. Junto a ellos, un texto decía:

> *A las madres que encendieron lámparas en la oscuridad,*
> *a los padres que labraron la tierra con lágrimas en silencio,*
> *a los hogares que se llenaron de cartas y ecos de despedidas.*
> *A las puertas que permanecieron abiertas, esperando lo imposible.*
> *Este homenaje es para ustedes.*
> *Ustedes, que cargaron con el peso de la incertidumbre,*
> *que buscaron consuelo en la oración, en los recuerdos,*
> *en las viejas fotografías y en las canciones de cuna*
> *que alguna vez arrullaron a quienes marcharon al frente.*
> *Ustedes, que supieron transformar el sufrimiento en fuerza,*
> *la ausencia en memoria,*
> *y que, a pesar del dolor, siguieron soñando*
> *con el regreso de aquellos que dejaron atrás*
> *las risas infantiles para empuñar fusiles.*
> *A los abuelos que contaron historias*
> *a nietos que nunca conocieron a sus padres.*
> *A los hombres que sostuvieron familias rotas*
> *con corazones endurecidos.*

A todos los que guardaron luto
y lucharon por mantener viva la dignidad.
El sacrificio no fue solo de los soldados,
fue también de los que esperaron,
de quienes cargaron el duelo en sus hombros
y de quienes transformaron la ausencia
en una lucha por la memoria.
Hoy les rendimos tributo no solo con palabras,
sino con el compromiso de no olvidar.
De que sus historias permanezcan vivas en los libros,
en las canciones, en los monumentos,
pero, sobre todo, en los corazones de las nuevas generaciones.
Porque su esperanza es la semilla de un futuro más justo.
Y porque en su amor eterno encontramos la verdadera resistencia.
Gracias.
Por su fortaleza.
Por su sacrificio.
Por su memoria.

Un apartado muy especial está dedicado a los exiliados de la guerra civil, algo que Antonio vivió y sufrió en primera persona. Pidió a su hermano Luis que reuniera vivencias de los exiliados en México y se las enviara para el archivo.

Antonio aportó el cuaderno de Ana, con sus vivencias y sus cartas. Su vida como guerrillera y después como exiliada. Es un homenaje a ella y a cuantos no volvieron del exilio. Su pañuelo rojo permanecería junto a su cuaderno.

Esas cartas de los exiliados eran susurros de un alma rota, fragmentos de una vida arrebatada, y la única forma de mantenerse conectados con el hogar perdido.

Muchas comenzaban con «Querida madre». Eran cartas cargadas de nostalgia y del peso de la desesperanza.

Hablaban del frío que sentían en el corazón, lejos de la tierra que los vio nacer. «Aquí el cielo es el mismo, pero nunca parece tan azul como en casa», escribían, intentando encontrar en el extranjero los fragmentos de su identidad desgarrada.

Algunas cartas nunca llegaron. Se perdieron en el camino, atrapadas por la censura, en oficinas de correos desbordadas o, simplemente, quedaron guardadas en cajones como secretos demasiado dolorosos para ser enviados.

Otras, cuando sí alcanzaban su destino, llegaban con tachaduras negras o con palabras medidas, por miedo a que una línea equivocada pudiera traer consecuencias para quienes permanecían al otro lado de la frontera.

Escribir era un acto de resistencia.

Cada palabra era una lucha contra el olvido, una promesa de que, aunque estuvieran lejos, su historia y sus raíces seguían vivas.

Había cartas de amor eterno, juramentos de regresar algún día.

Las cartas de los exiliados son, hoy, un testimonio silencioso de una generación que luchó por sobrevivir a la distancia, que cargó con la añoranza y que, a través de la palabra escrita, dejó un legado de resistencia y humanidad.

Son la voz de quienes no pudieron regresar, pero cuya memoria permanece viva en cada línea, en cada lágrima derramada al leerlas.

Un apartado especial está dedicado al miedo de la posguerra, algo que Julián vivió a lo largo de los años de dictadura.

Muchos familiares pidieron que se rindiera homenaje a ese miedo silencioso que marcaron las vidas de sus abuelos y padres.

Antonio decide recopilar datos y cartas que le llegan de los familiares. Deciden escribir en su memoria, reflejando el sufrimiento vivido y, sobre todo, ese miedo que duró varias décadas, llegando incluso a nuestros días.

Es una memoria que las futuras generaciones deben conocer. Esto existió en nuestro país.

La noche, esa frontera de sombras donde los ecos de los pasos parecían resonar con un peso insoportable.

Para muchos, la caída del sol no traía descanso, sino un miedo antiguo, visceral, que crecía con cada crujido de madera, con cada murmullo en las calles desiertas.

Era el miedo a que los sacaran de sus casas.

A los hombres que dormían vestidos, con las botas al lado de la cama, listos para huir si el silencio se rompía con un golpe en la puerta.

A las madres que abrazaban a sus hijos con más fuerza, intentando que su calor los protegiera de un mundo que no entendían.

A los ancianos que miraban fijamente al techo, rezando a un Dios que parecía sordo ante tanto dolor.

Este homenaje es para ellos: para quienes vivieron bajo el yugo de una amenaza que no tenía rostro, pero que se sentía en cada sombra alargada, en cada lámpara que se apagaba de golpe.

Era el miedo a la lista de nombres, a los camiones que se detenían sin previo aviso, a las linternas que barrían las ventanas buscando a alguien que nunca regresaría.

El silencio de esas noches no era paz; era la opresión del alma, el sonido de las palabras no dichas y las lágrimas contenidas.

Cada familia vivía con la certeza de que esa noche podía ser la última juntos.

¿Cómo despedirse en susurros?

¿Cómo decir te quiero mientras el corazón late tan fuerte que parece querer romper el pecho?

A las puertas que resistieron golpes,

a las paredes que guardaron secretos,

a los vecinos que compartieron señales de advertencia:

este homenaje les pertenece.

Pero también a aquellos que no tuvieron tiempo de escapar,

a quienes se llevaron envueltos en la oscuridad,

a quienes las estrellas vieron por última vez antes de apagarse para ellos.

El miedo que llenó esas noches no debe olvidarse, no como un recordatorio del horror, sino como un juramento de nunca más permitir que la noche se convierta en una prisión.

A quienes sufrieron, a quienes esperaron el amanecer con el alma en vilo, y a quienes nunca vieron la luz del día, les rendimos este tributo.

Porque recordar no es solo un acto de memoria, sino de resistencia.

Que el miedo que vivieron se transforme en fuerza para quienes luchan hoy por un mundo sin sombras.

Y que sus historias sean faros en la noche, para que ninguna puerta vuelva a temblar bajo el peso de un golpe inesperado.

Entran en la sala en silencio, como si el aire estuviera cargado de un peso invisible.

Las paredes están llenas de cartas amarillentas, fotografías en blanco y negro y testimonios escritos con manos temblorosas.

Son las voces de un pasado que, aunque lejano, resuena con fuerza en el presente.

Los visitantes se detienen frente a una carta de un exiliado, escrita desde un rincón perdido de Francia:

> *Querida madre,*
> *Todavía sueño con el olivo en el patio de casa, con el aroma del pan recién hecho. Aquí las montañas son bellas, pero no saben a hogar.*
> *Perdóname por haberte dejado sola.*

Sus palabras, cargadas de culpa y nostalgia, parecen atravesar el tiempo, y en el rostro de quienes las leen se dibuja una mezcla de dolor y admiración.

En otra vitrina, un testimonio breve:

> *No preguntes por mí.*
> *Si alguien llega a la puerta, dile que no sabes dónde estoy. No llores, madre, porque desde aquí puedo sentir tus lágrimas.*

El lector, con los labios apretados, siente un nudo en la garganta. Imagina el miedo de aquel que escribió esas líneas y el terror de quien las recibió.

Eran textos llenos de silencios elocuentes y de vacíos imposibles de llenar, que invitan a la reflexión.

Los visitantes caminan despacio, en parte para procesar lo que leen y en parte porque les pesa saber que estas palabras fueron escritas desde el exilio, la soledad o el miedo.

Un joven se detiene ante una carta de un padre que nunca regresó:

Hijo mío:
   Sé que algún día entenderás por qué tuve que irme. No dejes que el odio envenene tu corazón. Todo lo que hago es por ti, por un futuro en el que puedas vivir sin miedo.

El muchacho cierra los ojos, conmovido por la universalidad del amor paterno, incluso en las peores circunstancias.

A medida que los visitantes recorren la exposición, las emociones se entrelazan: la rabia por la injusticia histórica, la tristeza por los destinos truncados, la empatía por quienes lo perdieron todo.

Pero también surge algo más: una profunda gratitud por las palabras que sobrevivieron al silencio, por los relatos que lograron atravesar el tiempo y contar una historia que muchos intentaron borrar.

Al salir, hay un cambio en ellos. Algunos tienen los ojos húmedos; otros caminan con la cabeza gacha, inmersos en sus pensamientos.

Pero todos llevan consigo algo: un trozo de esa historia que ya no pertenece solo a quienes la vivieron, sino también a todos los que se atreven a recordar.

Esas cartas, esos silencios, se convierten en un espejo que obliga a los visitantes a preguntarse: «¿Qué haríamos nosotros?».

Y, sobre todo: «¿Cómo garantizamos que estas historias no se pierdan, para que nunca vuelvan a repetirse?».

20

Reflexión

Van pasando los años y Antonio y Julián se van convirtiendo en ancianos. Su obra —los libros, los dibujos y el archivo— les hace sentir que su objetivo, y el de Lucas, se ha hecho realidad.

Las cartas que habían recibido, tanto las suyas como las de Lucas, están preservadas en un archivo histórico. Sienten que se han convertido en un testimonio íntimo y valioso de la guerra civil española.

Lo que comenzó como un afán por contar una historia en un libro, se transformó en algo destinado a perdurar en las futuras generaciones.

Lo habían conseguido: el archivo transformó la manera en que las generaciones entienden el conflicto, a sus protagonistas y las emociones humanas que marcaron aquella época.

Reflexiones sobre la vida en las trincheras destacan por su autenticidad. A diferencia de los grandes discursos políticos o los relatos oficiales, estas cartas son voces personales que narran el día a día del conflicto: el frío en las trincheras, los silencios cargados de miedo y la esperanza de regresar a casa.

Sus palabras no solo capturan la experiencia republicana, sino también los dilemas éticos y la lucha por la dignidad que trascienden cualquier época o contexto.

Décadas después, las heridas de la guerra aún dividen a familias y comunidades. Por eso, el archivo se convierte en una herramienta poderosa para la reconciliación.

Los escritos de Antonio y Julián son incluidos en programas escolares, ayudando a los jóvenes a conectar con la historia desde una perspectiva humana.

Sus cartas se leen en las aulas como ejemplo de resiliencia, empatía y del precio de la guerra.

Las cartas escritas por todos los combatientes durante la guerra civil española tienen un impacto profundo en el presente.

Han trascendido el tiempo, convirtiéndose en testimonios valiosos que iluminan la humanidad en medio del horror y preservan la memoria histórica.

Se han convertido en herramientas esenciales para comprender la complejidad del conflicto, más allá de la propaganda de ambos bandos.

Al ser publicadas y estudiadas, ayudan a construir un relato más humano y equilibrado, que fomenta la reconciliación y el reconocimiento de las heridas de la guerra.

Muchas de estas cartas se utilizan como recursos didácticos en colegios y universidades. A través de ellas, los jóvenes pueden aprender no solo los hechos históricos, sino también las emociones y los dilemas éticos que enfrentaron quienes vivieron el conflicto.

El contenido emotivo y la riqueza narrativa de las cartas han inspirado novelas, películas, exposiciones y obras de teatro.

Representan un puente entre generaciones, evocando la lucha por la dignidad y la libertad.

Para muchas familias, las cartas han sido clave para redescubrir a sus antepasados.

Con ellas, han podido reconstruir fragmentos perdidos de sus propias historias, devolviendo dignidad y voz a quienes fueron silenciados.

En el contexto de la búsqueda de desaparecidos y la reparación histórica, las cartas han servido como pruebas en investigaciones sobre los crímenes de guerra y la represión franquista, contribuyendo a esclarecer verdades ocultas.

Hoy, las palabras escritas por aquellos hombres y mujeres —a menudo con manos temblorosas y corazones cargados de esperanza o desesperación— son un recordatorio constante de que la memoria es el cimiento de la justicia y la libertad.

Su mensaje trasciende generaciones, instando a no olvidar para no repetir.

Antonio y Julián, sentados en un banco, conversan durante horas.

Hablan de la guerra, sí, pero también de lo que vino después: las familias, las nuevas generaciones.

Julián confiesa que ha cargado toda su vida con la culpa de haber sobrevivido cuando tantos otros no lo hicieron.

—A veces pienso en los compañeros que dejamos atrás —dice—. Me pregunto si logramos darles sentido a sus sacrificios.

Antonio lo mira con seriedad y, tras un largo silencio, responde:

—El sentido no está en lo que hicimos entonces, Julián. Está en lo que hacemos ahora. Ellos murieron para que nosotros viviéramos. Y vivimos para que sus historias no se pierdan.

Unos días después, Antonio y Julián emprenden juntos un viaje al pueblo donde lucharon por última vez, aquel lugar que los marcó tanto en su juventud.

Ahora está en ruinas, devorado por la naturaleza.

Los dos caminan despacio, apoyándose mutuamente.

Frente a lo que queda de la iglesia derrumbada, se sientan a contemplar el horizonte.

Antonio saca de su bolsillo una carta que había escrito años atrás, destinada a quien quisiera leerla o escucharla.

La lee en voz alta, con Julián como único testigo:

Queridos míos:

La guerra no es algo que se gana. Se sobrevive. Y sobrevivir significa cargar con lo bueno y lo malo, con el miedo y el amor, con las decisiones que nos marcaron. Pero también significa tener la oportunidad de enseñarles a ustedes que no hay mayor victoria que vivir en paz. No olviden nunca que su libertad fue construida con el sacrificio de muchos.

Cuídenla, porque es lo más valioso que tendrán.

Julián, emocionado, agregó:

—Tal vez algún día los nietos de los que dieron su vida por la libertad vengan aquí y recuerden no solo lo que fue, sino lo que puede ser.

Tiempo después, en las ruinas de ese pueblo se construyó un monumento.

Ahora es un lugar de memoria, y lleva una inscripción que dice:

VIVIMOS PARA RECORDAR.
RECORDAMOS PARA NO REPETIR.

EN MEMORIA DE TODOS AQUELLOS QUE EN LA GUERRA O EN LA PAZ LUCHARON POR LA HUMANIDAD.

*Recordar el pasado no es revivir el dolor,
sino aprender de él para no repetir los errores en el futuro.*

Índice